Frau Dahls Flucht ins Ungewisse

Das Buch

Da ist ein Haus. Um das Haus ist ein Garten. In einem Zimmer sitzt eine Frau und schaut aus dem Fenster. Sie beobachtet das Treiben da draußen, die Geselligkeit am Abend. Wie gerne hätte sie ein Glas Wein, aber sie geben ihr nichts. Sie – das sind ihr Sohn und ihre Schwiegertochter, die sich mit Gästen amüsieren und sich über sie beklagen. Kümmern muß man sich, keine Reisen kann man machen, und immer die Unordnung. Für die alte Frau ist jeder Tag gleich, das Essen bleibt meistens unangerührt, die Pantoffeln sind immer zweifarbig, die Brille ist immer verlegt. Aber da ist noch etwas: ihr Leben, die Vergangenheit in Bildern, die in ihrem Kopf sind. Sie denkt an Ostpreußen, an Berlin während des Krieges, an ihren Mann Ludwig, der so schön Chopin spielen konnte und dann so lange starb. Aber wo eigentlich? Ja, in New York war es, bei seinem jüngeren Bruder, der nicht nein sagen konnte. Ihre Tochter sollte sie doch besuchen, Vera, die mit einem Juden verheiratet ist und in Portugal wohnt oder doch in Amerika? Warum hat sie bloß überall Taschentücher mit einem Knoten? Licht durchdringt ihr Gedächtnis, Klarheit wechselt mit Verwirrung. Sie denkt daran, daß sie ein schönes Leben gehabt hat, trotz Krieg und Flucht. Und daran, daß sie hierbleiben und nicht in ein Altersheim will. Doch dann kommt ihre Chance ...

»Leonore Suhl hat, nach meinem Wissen zum erstenmal in der deutschen Literatur, einen Fall von Alzheimerscher Krankheit dargestellt.« *(Die Welt)*

Die Autorin

Leonore Suhl, geboren 1922 in Ostpreußen, studierte an der Akademie der Schönen Künste in Berlin. Nach dem Krieg lebte sie in Nordafrika, 1952 übersiedelte sie in die USA. Ihr 1966 erschienener erster Roman *Eine Kette von Sicherheitsnadeln* wurde von der Mainzer Akademie der Wissenschaften und Literatur ausgezeichnet. Von Leonore Suhl erschienen weiterhin *Ein Traum von Freiheit* (1975), *Tango in Tripolis* (1999) und *Charlottes Liebesdienst* (2003). Leonore Suhl lebt in München und Portugal.

Leonore Suhl

Frau Dahls Flucht ins Ungewisse

Roman

List Taschenbuch

Besuchen Sie uns im Internet:
www.list-taschenbuch.de

Umwelthinweis:
Dieses Buch wurde auf chlor- und säurefreiem Papier gedruckt.

List Verlag
List ist ein Verlag der Ullstein Buchverlage GmbH.
1. Auflage Juni 2004
© 2004 by Ullstein Buchverlage GmbH
© 1996 by Marion von Schröder Verlag, Düsseldorf
Lektorat: Krista Maria Schädlich
Umschlagkonzept: HildenDesign, München – Stefan Hilden
Umschlaggestaltung: Hauptmann und Kampa Werbeagentur,
München – Zürich
Titelabbildung: © Motoi Ichihara
Druck und Bindearbeiten: Clausen & Bosse, Leck
Printed in Germany
ISBN 3-548-60436-6

Für meine Mutter

Frau Dahl sah den Tod täglich aus dem Augenwinkel. Allein am Kaffeetisch spürte sie den schon bekannten Druck auf der Brust, wo, wie der Arzt gesagt hatte, die Herzkranzgefäße saßen. Sie stellte die Tasse zurück auf den Untersatz, strich die verrutschte Spitzendecke glatt und lehnte sich im Sessel zurück, angstvoll, aber bereit. Benno sollte sie in ordentlichem Zustand finden, »entschlief friedlich im Alter von«, usw., wenn das wahrscheinlich auch immer Schönfärberei war. Wer wußte, was man beim Sterben wirklich empfand. Jedenfalls wollte sie nicht gefunden werden, wie man Eberhard gefunden hatte. Nachdem der scheinbar in einer letzten Verweigerung um sich geschlagen hatte, hing er tot aus dem Krankenhausbett, das Wasserglas in Scherben, das Gesicht blutig zerkratzt. Das käme in der Agonie vor, hatte die Schwester gesagt. Der Schmerz auf der Brust benahm Frau Dahl den Atem. Lieber Gott! Weiter kam sie nicht, sie war nie religiös gewesen, keine Kirchgängerin. Sie erfüllte die Formalitäten, die der Druck der Gemeinde erzwang. Taufe und Einsegnung der Kinder. Die Rede des Pastors zu Ludwigs Beisetzung.

Nichts geschah. Keine ominöse Verdunkelung des Himmels, kein erstickender Würgegriff an ihrer Kehle. Der Schmerz löste sich auf, zerrann. Frau Dahl kam sich ein bißchen lächerlich vor. Aber war es in ihrem Alter denn übereilt, den Tod zum Kaffee zu erwarten? Noch einmal strich sie über die Spitzendecke, diesmal bewundernd: handgemacht. Eberhard hatte sie aus Persien mitgebracht. Irgendwer hatte gesagt, das hieße jetzt anders und den Schah gäbe es dort schon längst nicht mehr, der sei in blutiger Revolution vertrieben worden und dann gestorben. Frau Dahl konnte das nur bedauern. Ein schöner Mann, ein charaktervoller Kopf, der Schah, und wer weiß, wer da jetzt regierte.

Im Profil sah Ludwig dem Schah ähnlich. Der schmale Schädel, die buschigen Brauen, das kurze, unten wie mit dem Lineal gezogene Kinn. Schlank auch beide. Die Photographie war mit vier Klebeecken auf die steifen, dunkelbraunen Seiten des Albums geheftet. Ludwig lächelte für den Photographen. Sein weicher Mund. Im Knopfloch verankert, verschwand die Uhrkette in der Brusttasche seines Jacketts, das war damals Mode. Zur damaligen Zeit hatte er Auskommen und Ansehen, war frei, locker, von selbstbewußter Liebenswürdigkeit und schrieb Gedichte mit vage politischem Inhalt. In irgendeiner Schublade lag heute noch eine Ansichtskarte von ihm aus dem unzerstörten Berlin: Dieses ist die Siegessäule – darum mit Triumphgeheule – werf' ich meinen Dichterblick – auf die deutsche Republik! Erst in späteren Jahren wurde er jähzornig, als ihn der dauernd entzündete Stumpf am Bein plagte, über dem Knie amputiert. Klingelte ihn der Postbote aus dem Nachmittagsschlaf oder wurde er gestört, während er über seinen Kontoauszügen brütete, weil etwa Benno vor seinem Fenster Holz hackte, so ging er in die Luft. Das Leben hatte ihn verändert. Salz! herrschte er Frau Dahl beim Essen an, richtig ausfallend konnte er werden, insbesondere gegen seinen Bruder Eberhard, wenn der auf die Steuerabgaben zur Unterstützung kinderreicher Beamter und Angestellter der unteren Schichten zu sprechen kam. Bezahlte Ferien, Bonusse, Beihilfen,

Weihnachtsgeld, Trennungsentschädigung! Sollten diese Leute gefälligst arbeiten, anstatt Nachwuchs zu zeugen wie die Karnickel! Warum sollte er für den geschlechtlichen Appetit anderer zahlen, er ausgerechnet, Kriegsversehrter, der in der Nachkriegszeit wie ein Lasttier geschuftet hatte und noch bis zum heutigen Tage schuftete! Wer bezahlte ihm, Ludwig Dahl, die Ferien?

Als säße er neben ihr, seufzte Frau Dahl: Ach, Ludwig. Dem Flieder nach mußte es Frühling gewesen sein. Der Busch hinter der Bank, auf der sie saßen, stand in voller Blüte. Daß man einmal so lieben konnte! Ludwig sah aus wie der Kater, der den Kanarienvogel verschluckt hat. Sie selbst lächelnd, wunschlos. Trug man heute noch diesen bauschigen Schnitt der Ärmel? Diese die Waden fest umschließenden Schnürstiefelchen? Jetzt steckten ihre Füße in grauen Wollsocken und Filzpantoffeln, zwischen ihnen lehnte der Stock mit dem Gummipfropf an der Spitze. Frau Dahl legte das Fotoalbum zurück auf den Tisch. Es hatte einen roten Kunststoffeinband, der ihr fremd war. Überhaupt war ihr alles fremd in diesem Zimmer, die ganze Wohnung war ihr fremd, wenn sie auch alle behaupteten, sie wohne hier schon seit Jahren. Unbemerkt, in Stücken und Stückchen, entglitt ihr die Vergangenheit, alles Gewesene löste sich auf und verschwand. Die Gegenwart trat auf der Stelle, eine Zukunft gab es nicht. Aber es gab noch eine Denkstütze: ein starker Kaffee. Ein, zwei Tassen, und die Spinnweben lösten sich vom Gedächtnis. Einzelheiten wie hingepinselt! Wenn auch der breite Zusammenhang fehlte. Ach, Ludwig, wie damals der Große Ludwig das Auto in das Gewächshaus der Frau von der Zummert gefahren hatte! Ein Scherbenhaufen. Er war noch nie Auto gefahren. Natürlich kamst du für die Bescherung auf. Er war schließlich dein

Großonkel und schon ziemlich tattrig. Man könnte auch sagen senil. Aber dein Gedicht hat er übelgenommen. Es machte in der ganzen Familie die Runde: Ludwig der Große, der schiß mal in die Hose; Ludwig der Kleine, der macht sie wieder reine. War ja auch reichlich grob, fand Frau Dahl auch jetzt noch. Aber Ludwig provozierte gern. Nun aber sollte ihr der Kaffee verboten werden. Wegen der verstopften Herzkranzgefäße, der Angina pectoris. Da konnte man sie auch gleich begraben. Es wäre das Ende der einzigen Gesellschaft, die sie noch hatte, die mit sich selbst.

Ulrike hatte Blumen aufs Klavier gestellt, die letzten Astern aus Frau Dahls Garten. Aus *ihrem* Garten wohlgemerkt, nicht aus Ulrikes, oder aus ihrer beider Garten, auch das sollte Frau Dahl recht sein, gern sogar, nicht aber aus Ulrikes, wenn die auch zu glauben schien, der Garten gehöre ihr. Frau Dahl hatte das Gefühl, daß sie nicht gern in ihrem Garten gesehen wurde. Sie hatte dort heute das alte Rhabarberbeet umgegraben, da sollten dann Papageientulpen hin. Ludwig liebte diese Tulpenart. Sobald es warm wurde, wollte Ludwig wieder mit Frau Dahl und den Kindern ans Frische Haff. Sie konnten dann wieder im Gasthaus Zur Lahmen Hand übernachten, wo über der Kommode die gerahmte Photographie des Bürgermeisters Saiwiecki hing und über dem Bett die Jungfrau Maria die Augen hochdrehte. Aber ihr ging ja alles durcheinander! Im Bett unter der Jungfrau Maria hatte sie Vera ja erst empfangen, befleckt sozusagen. Und Benno war damals noch gar nicht geboren. Mit den Kindern waren sie nie am Frischen Haff gewesen, folglich konnten sie auch nicht *wieder* mit ihnen hin. Und das Rhabarberbeet hatte natürlich Benno umgegraben. Jemand vermischte mit flinken Händen ihre Erinnerungen wie Spielkarten, vermengte Trümpfe und Luschen. Gemäß Ludwigs medizinischem Wörterbuch saß das Gedächtnis im sogenannten Hippocampo des Gehirns. Zu deutsch: Seepferdchen. Darüber, warum es so hieß, schwieg sich das gelehrte Buch phantasielos aus. Vielleicht lag es an der Form der Lokalität.

Als Kind hatte Vera im Aquarium immer die Seepferdchen sehen wollen. Jetzt lebte sie mit ihrem Mann in Spanien. Oder waren sie nach New York gezogen? Irrtum. Sie waren von New York nach Spanien gezogen. Benno wurde als Spätling im Weltkrieg geboren, fragte sich nur, in welchem. Hindenburg hatte da schon bei Tannenberg und an den Masurischen Seen gesiegt, wenn Frau Dahl sich recht erinnerte. Hitler hatte schon die Parteien aufgelöst und sich zum Obersten Befehlshaber von allem und jedem erklärt. Ludwig und sie hatten selbstverständlich deutschnational gewählt. Hindenburg konnte man schon seinem Aussehen nach vertrauen. Dem war die Standhaftigkeit auf sein Denkmalgesicht geschrieben. Es war dann aber doch unter Hitler gewesen, daß es wieder aufwärtsging. Die Arbeitslosigkeit nahm ein Ende, die Kriminalität auch. Man konnte sich abends wieder auf die Straße trauen. Wenn Frau Dahl nur an diesen Kerl dachte, der am hellichten Tage regelmäßig im Park an der Flemingstraße mit offener Hose sein Glied zur Schau stellte! Daß so was von der Bildfläche verschwand, fand Frau Dahl auch heute noch gut. So was gehörte ins Zuchthaus. Mochte Vera sie reaktionär nennen. Sie, Klara Dahl, nannte es konservativ. Aber Veralein war schon immer ein bißchen rot angehaucht.

Jedenfalls war Ludwig Offizier bei der deutschen Besatzung in Frankreich gewesen, das wußte Frau Dahl genau. Sie hatte ihn in Paris besucht. Neunzehnhundertundeinundvierzig. Er hatte eine große, elegante Wohnung mit Blick auf das Grün des Bois de Bologne, die er mit falscher Bescheidenheit sein *pied-à-terre* nannte, auch darauf konnte sich Frau Dahl entsinnen, wenn sie auch nicht verstand, warum sie jetzt allein in dieser ihr unbekannten Wohnung saß, wo die Stunden versteinerten. Am besten, sie sah aus dem Fenster: Der Blick ging über spitze Dächer und ihr unbekannte, bewaldete Berge, aber den Garten, der sich vor ihr ausbreitete, kannte sie gut. Bis in jeden schattigen Winkel. Am Rande des Steintrogs sonnte sich eine ziemlich große Schlange, der ein braunes Muster über den Rücken lief, aber wenn Frau Dahl so etwas erzählte, glaubte ihr ja niemand. Frau Dahl hatte oft den Verdacht, daß man sie nicht ganz für voll nahm. Der Anbau, in dem sie lebte, lehnte sich an das ockerfarbene Haus, in dem die Kinder wohnten. Bitte sehr. Frau Dahl kannte sich aus.

Eigentlich sollte es doch bald Mittag geben. In Paris hatte es für die deutsche Besatzung Schinken und Weißbrot, Cognac, Kaffee und Schokolade gegeben und auch sonst alles, was es in Berlin nicht gab. Zigaretten, Butter, einfach alles. Ludwig hatte oft Besuch gehabt, bis auf ein paar brillantenbehängte Französinnen alles deutsche Offiziere. Sie redeten eitel über die sogenannte menschliche Natur und die natürliche Zuchtwahl. Kriege seien notwendig, so einer von ihnen mit Schnurrbärtchen zu Frau Dahl, denn anders als jedes Tier habe der Mensch keine natürlichen Widersacher. Seine ständig wachsende Zahl könne nur durch Kriege aufgehalten werden. Er müsse sich selbst reduzieren. So helfe sich die Natur. Das hatte Frau Dahl erschüttert. Vor allem aber erzählten die Herren Witze, einen Witz nach dem anderen, ohne besonderen Anlaß oder Zusammenhang. Auch Witze über die

Juden natürlich. Nicht unbedingt antisemitische Witze, das könnte Frau Dahl nicht behaupten, aber eben doch Witze mit einer gewissen Tendenz, Witze, die besagten, die Juden seien zwar ungewöhnlich geschäftstüchtig und auch künstlerisch begabt, die besten Pianisten, die besten Ärzte, alles Juden, in Deutschland gibt es achtzig Millionen wunderbarer Juden, jeder kennt einen, so ging einer der Witze, nur konnte man nie genau wissen, woran man mit ihnen war. Sie hatten einfach eine andere Mentalität. Die entsprach nicht der deutsch-christlichen Wesensart. Von dieser Erinnerung wurde Frau Dahl in die Gegenwart hineingescheucht. War Vera nicht mit einem Juden verheiratet?

Natürlich gab es auch Witze über Hitler und über den fetten Göring, man witzelte sogar über sich selbst. Bei dieser unaufhörlichen Witzelei wurde schließlich alles zum Witz: die Nazis, der Krieg, die Juden, die Bomben, der Hunger. Frau Dahl hatte das geärgert. Was wußten die schon, wie es in Berlin zuging! Das war kein Witz. Schon allein überall dieses beschämende Aufklauben von Zigarettenstummeln. Sogar von den Geleisen der S-Bahn. Mehrere Leute waren dabei ums Leben gekommen. Beschämend und grauenvoll. Sie selbst hatte am meisten ihr Lebenselixir, den Bohnenkaffee, vermißt. Die Kaffeesucht hatte sie sich nicht abgewöhnen können. Auch nicht, als mit dem Fall von Paris Ludwigs Kaffeepäckchen ausblieben und es nur Muckefuck gab.

Und auch jetzt schüttelte sie die Kaffeekanne, in der es glücklicherweise noch etwas plätscherte. Auf Sahne konnte sie verzichten, nicht auf den Bohnenkaffee. So war es auch einem der Herren auf Ludwigs Soireen gegangen. Sie hatte sich recht nett mit ihm unterhalten. Ein Rittmeister namens Sanft, auch so ein leidenschaftlicher

Kaffeetrinker. Er hatte darüber etwas ordinär gescherzt, nur noch eins gäbe es, das den Kaffeegenuß überträfe, hatte er ihr zugeraunt. Aber er hatte sie doch fasziniert. Sein Schmiß verzog ihm den Mund zu einem süffisanten Lächeln, dem er sich dauernd gewachsen zeigte. Sie war wohl ein bißchen in ihn verliebt gewesen. Er kam später wegen Schwarzhandel vor das Kriegsgericht und wurde guillotiniert. Er hatte mehrere Waggons Fallschirmseide unterschlagen und verkauft. Ludwig war genauso erschrocken gewesen wie sie. Er war mit dem Rittmeister eng befreundet und fürchtete, mit in die Sache gezogen zu werden. Ob er vielleicht wirklich an den Geschäften im Schwarzhandel beteiligt gewesen war, hatte Frau Dahl nie herausbekommen, hatte aus Angst auch gar nicht viel danach gefragt. Woher kam der Pelzmantel für sie, woher das Cartier-Kettchen für Vera?

Köpfen, das war damals an der Tagesordnung. Die Cousine von Irma Bulgereit, die Lene Lesseps, Vorsteherin beim Postamt Berlin-Steglitz, die war auch unter das Beil gekommen. Es hatte irgend etwas mit Flugblättern zu tun gehabt. Im Ersten Weltkrieg war es Hängen, Galgen und noch mal Galgen überall, allein von der Armee des Erzherzogs Friedrich wurden elftausend Galgen errichtet, die Zahl war Frau Dahl im Kopf steckengeblieben wie ein Stachel. Bei den Nazis war es die Guillotine. Frau Dahl hatte da mal zufällig ein diesbezügliches Schriftstück zwischen Vorschriften und Verordnungen auf dem Schreibtisch des Rittmeisters Sanft liegen sehen, bevor der selbst unter der Guillotine kam. Sie hatte mit Ludwig in seinem Büro in Paris gewartet, ein schöner Raum mit drei hohen Fenstern in einer geräumten *Abbaye*. An das Schriftstück war die Photographie eines blutjungen Menschen geheftet gewesen, ein Stempel auf das Gesicht geknallt, irgendeinen polnischen Namen hatte er gehabt. Er war fürs Äpfelstehlen unter das Beil gekommen, mit sorgfältiger Angabe der Dauer des Vorgangs, von den Schritten zum Schafott bis zum Fallen der Schneide soundso viele Sekunden, Ewigkeiten amtlich gebucht. Im Durchschnitt käme es in Deutschland täglich auf rund fünfzig Hinrichtungen, hatte der Rittmeister kaltblütig bemerkt, er persönlich habe nichts damit zu tun. Reines Versehen, daß der Wisch da auf seinem Schreibtisch gelandet sei. Todesurteile fielen nicht unter seine Obliegenheiten. Und hatte ein menschliches Gott sei Dank hinzugefügt.

Wie immer, wenn etwas vom allgemein Volkspolitischen überging in ein menschliches Gesicht, war Frau Dahl schockiert gewesen. Wenn Ludwig ihr aus Ernst Jüngers Romanen vorlas, hatte der Krieg glanzvoll geklungen, erhaben, voll hehren männlichen Stolzes und leidenschaftlicher Opfer, voll Schönheit also. Statt dessen Hunger, Angst, Dreck, Läuse, die Guillotine, die Bomben, die Russen, die Nazis, die Amerikaner. Aber zu wem davon sprechen? Die Jugend konnte das gar nicht begreifen und wollte es auch gar nicht mehr hören. Wollte Doro vielleicht davon hören? Die sagte, sie habe das alles bis oben. Darüber habe es genug Fernsehserien fragwürdiger Qualität gegeben. Damit wolle Omi ihr bloß vorbeten, wie verwöhnt sie sei. Außerdem habe die Welt sich verändert, die Probleme seien jetzt ganz andere. Da konnte Frau Dahl nicht mitreden. Was jetzt in der Welt los war, war ihr schleierhaft.

Jedenfalls waren die Äpfel damals zu Haufen an den mit Obstbäumen bestandenen Landstraßen verkommen. Die Bauern waren an der Front. Auch Frau Dahl hatte Äpfel gestohlen. Benno hatte ihr dabei geholfen, er trug seinen kleinen, roten Rucksack und in der Hand einen Eimer. Dünnbeinig und dürr wie ein alter Mann war er gewesen, aber er ging noch nicht in die Schule. Die Äpfel hatte sie in dünne Scheiben geschnitten, die wurden dann auf Bindfäden gezogen und über dem Küchenherd getrocknet.

Frau Dahls Uhr war schon wieder stehengeblieben. Ein Geschenk von Benno und Ulrike. Eine dieser Uhren unter einem Glassturz, die dank eines sich ständig bewegendes Pendels nie aufgezogen werden brauchen, oder so ähnlich, die Technik war Frau Dahl immer fremd geblieben. Das pausenlose Schwingen des Pendels, das Aufblitzen der Messingkugeln am Ende der Messingstäbe war für sie eine Art Gesellschaft gewesen, die ihr nun fehlte. Benno sagte, die Uhr sei zu alt, um sie richten zu lassen, es lohne sich nicht. So wie Frau Dahl, bei der lohnte sich auch nichts mehr. Sie mußte Benno mal fragen, wie alt sie eigentlich war. Sie könnte auch in ihrem Paß nachsehen. Der Paß und die Brille waren in ihrer blauen Handtasche, aber die war schon seit Tagen unauffindbar. Damit war also nichts. Am liebsten würde Frau Dahl jetzt ein Schnäpschen trinken. Ein Schnäpschen würde sie aus dieser Depression reißen. Aber sie gaben ihr ja nichts. Sie hatten die Flasche versteckt. Du warst ja wieder ganz beduselt, hatte Ulrike zu ihr gesagt, sternhagelvoll warst du. Kein Wunder, daß dein Gehirn lädiert ist. Frau Dahl war beleidigt gewesen. So schlimm war es nun auch wieder nicht. Sie wußte selbst, daß ihr Gedächtnis oft Späße mit ihr trieb, aber an das Trinken war sie als alte Ostpreußin gewöhnt. Frau Stürzebecher! hatte Ludwig sie manchmal gerufen.

Der Wind wehte Küchengeruch von nebenan durch das offene Fenster, Frau Dahl bekam gebratenen Leberkäs zu riechen. Es war ihr aber zu mühsam, aufzustehen und das Fenster zu schließen. Sie kam nur schwer aus dem Sessel hoch, und wenn nun schon endlich mal die Sonne schien und es draußen fast wärmer war als drin... bei geschlossenem Fenster war immer ein Geruch nach dem chemischen Blumenduft von Säuberungsmitteln in der Wohnung.

Heute morgen waren sie auf dem Friedhof gewesen und hatten blaue Hyazinthen in Töpfen auf Ludwigs Grab gestellt. Ludwig liebte Hyazinthen, aber es mußten blaue sein, ja keine rosa und schon gar keine weißen. Von Freunden ließ er sich Jacinto nennen, gebräuchlich in südlichen Ländern, aber hier unter all diesen Sepps, Gustls und Gottliebs! Wenn er verreiste, trug er gern eine dunkle Sonnenbrille, um, wie er sagte, inkognito zu bleiben. Aber wer in Gottes Namen hätte denn welche gewichtige Persönlichkeit in ihm erkennen sollen? Erstaunlich, daß ein erwachsener Mann so verspielt sein konnte. Das berüchtigte Kind im Manne. Einmal hatte sie ihn tief gekränkt, es tat ihr noch heute leid. Er hatte zuviel getrunken, damals trank er noch so gerne Cognac, den er später als unbekömmlich ablehnte. Jedenfalls hatte sie ihn ihren geliebten, blauen Hyazinth genannt. Er hatte das aber gar nicht komisch gefunden. Sehr komisch, hatte er gegrollt. Komisch, daß ihr das wieder einfiel.

Auf dem Friedhof war alles verschneit gewesen. Benno schaufelte Schnee von den Wegen, was eigentlich Sache der Friedhofsverwaltung sei, sagte er, wozu bezahlen wir die hohe Kirchensteuer, aber er sagte es ohne Erbostheit. Er hatte schon als Kind lernen müssen, mit Unbill fertig zu werden. Aus Widerwärtigkeit machte er etwas Positives, sonst könnte er es nicht ertragen. Als damals der Nachbarhund die Katze, die ihre Jungen verteidigte, zerriß, weinte er, obwohl er bald zwanzig war, denn an dem Blutbad konnte er keine gute Seite finden. Noch heute, sagte er, hör' ich die gellenden Todesschreie. Benno stoppt auf der Autobahn für eine Kröte, die den Asphalt überquert. Nach dem Schneeschaufeln auf dem Friedhof fand er, es sei ein Glück gewesen, daß er rangemußt hätte, so sei ihm endlich warm geworden.

Bei nochmaliger Überlegung wurde sich Frau Dahl klar, daß sie heute früh nicht auf dem Friedhof gewesen sein konnten. Es hatte nämlich noch gar nicht geschneit. Der Tag war altweibersommerlich. Im Garten lag ein blaßrosa Schimmer über dem Asternbeet. Die schwache Spätherbstsonne glänzte auf den bunten Glaskugeln, die auf Stöcken in den Rosenbeeten standen.

Benno war ein Kriegskind. Geboren, nachdem sie Ludwig in Paris besucht hatte. So etwas gab es damals natürlich oft. Frau Dahl fand es furchterregend, wie aus einem Liebesakt, der, wie sie sich deutlich erinnerte, aus Ludwigs starkem Sexualtrieb und ihrem Wunsch bestand, ihn bei ihrem Wiedersehen nicht zu enttäuschen, obwohl sie sich gern erst einmal wieder an ihn gewöhnt hätte – wie also aus diesen Augenblicken der Vereinigung körperlicher Lust und Resignation ein Menschenleben mit seinen Freuden und Tragödien und seinem mühseligen Ende wurde.

Zum Zeitvertreib versuchte sie, sich zu erinnern, wer ihr am Morgen beim Ankleiden geholfen hatte: Ulrike, Doro oder Frau Placka, oder wieso das Tablett mit den Resten des Mittagessens verschwunden war. Es war doch niemand dagewesen, es zu holen. Nicht, daß sie Appetit gehabt hatte.

Da steht sie am Fenster und wartet darauf, daß der Kutscher vorfahren soll, so wie früher mal auf ihrem Rittergut! Das hatte Ulrike ratlos im Wohnzimmer zu Herrn Dr. Haupt gesagt, als Frau Dahl im Bett lag und es durch die angelehnte Tür hören konnte: In Hut und Mantel wartet sie, *stun-den-lang*. Lieber Herr Doktor, gibt es denn nicht was zum Einnehmen dagegen, kein Medikament?

Zyankali, wußte Frau Dahl. Hatte Erna genommen, als die Russen bei Eydtkuhnen standen. Aber daß Frau Dahl am Fenster auf Podlec wartete, das war frei erfunden. Ulrike dachte sich so etwas aus. Frau Dahl wußte, was sie tat.

Die späteren Kriegsjahre hatte sie als Evakuierte in Friedland überlebt. Das hieße jetzt anders, hatte Vera behauptet, ob Frau Dahl denn wie diese Rückschrittler klingen wolle, die immer noch nicht begriffen hatten, daß Deutschland den Krieg Gott sei Dank verloren hatte. Aber damit kam Frau Dahl nicht mehr zurecht. Das konnte niemand von ihr verlangen. Auf der Flucht vor den Russen hatte sie Benno im Kinderwagen die vereiste Landstraße entlanggeschoben, den Koffer obenauf. Keine Ahnung, wo Vera war oder Ludwig. Schließlich hatte sich ein offener Lastwagen erbarmt und sie nach Berlin mitgenommen, fünfzig Stunden ohne Unterbrechung und ohne Sitze, sie und noch andere hatten auf Elektrokabeln gehockt. Man brauchte nur ein bißchen zu kratzen, und schon kam der Krieg zum Vorschein.

Als Ludwig dann aus der Gefangenschaft auftauchte, war er Frau Dahl noch fremder geworden, als er ihr in Paris gewesen war. Seine buschigen Augenbrauen sträubten sich grau durchwachsen über den tümpelgrauen Augen, und aus dem linken Hosenbein kratzte eine Art Besenstiel über den Fußboden. Er hatte bei der Aufgabe von Paris in einem durch Sabotage von Maquisarden verursachten Autounfall ein Bein verloren. Benno wurde blaß und machte sich steif, als ihn dieser Instantvater in die Arme nahm, so wie auch Frau Dahl sich steif gemacht hatte später im Bett, als Ludwig von ihr verlangte... erst freundlich überredend, dann immer zorniger verlangte... nein, daran wollte Frau Dahl nicht denken. Ulrike hatte ganz recht, wenn sie sagte, sie grübele zuviel der Vergangenheit nach. Warum, sagte Ulrike, gebrauchst du dein bißchen Energie nicht dazu, etwas Vernünftiges zu tun, häkeln oder Kreuzworträtsel lösen oder wenigstens fernsehen, anstatt dauernd vor dich hin zu brüten, du weißt doch, daß du davon nur noch mehr durchdrehst.

J ETZT WUSSTE FRAU DAHL wieder nicht, wo ihre Handtasche war. Da war doch ihr ganzes Geld drin, die durfte doch nicht irgendwo herumliegen, wo Ludwig schon sowieso kein Einkommen hatte und sie nicht wußten, wovon sie leben sollten. Frau Dahl würde jetzt gerne ein Weinchen trinken, so einen französischen Roten. Aber sie gaben ihr ja nichts. Sie hatten die Flasche versteckt. Gut, ging sie eben in die Stadt, eine kaufen. Sie war ja nicht hilflos. Bei Thiele am Potsdamer Platz hatten sie bis sieben Uhr auf. Der Rotwein, den Ludwig sich in Paris gehalten hatte, zeichnete sich durch einen leichten Siegellackgeschmack aus und war im Mund weich wie Butter. Köstlich. Unter Aufgabe einiger bescheidener Prinzipien hatte Ludwig ein Leben wie Gott in Frankreich, oder geographisch präziser genommen, wie Gott in Paris geführt. Nicht, daß ihm Frau Dahl daraus einen Vorwurf machen wollte. Beileibe nicht. Sie war froh gewesen zu wissen, daß er auf seinem Flügel Chopin spielte oder mit diesem Krösus, M. de Fourier, auf die Entenjagd ging, gegen die Militärvorschriften natürlich, anstatt sich in Rußland die Kniescheiben zerschießen zu lassen wie Botho Ginzel. Nur eins hat Frau Dahl später gewundert: Nie hatte Ludwig ein Wort fallenlassen über alles, was dann nach dem Krieg erst richtig herauskam und an dem sie doch alle irgendwie teilgenommen hatten. Zu so etwas äußerte man sich doch!

Ein gewisser Dünkel war bei Ludwig immer mal durchgekommen. Man muß die Leute zu nehmen wissen, sagte er gern. Dabei war sie es, eine geborene von Nikolai, die aus der älteren Familie stammte. Ludwig kam von einer alteingesessenen Familie des führenden Bürgerstandes in Zwickau, die aber längst ihre Kohlenbergwerke dort verloren hatte. Er trug einen Siegelring mit dem Familienwappen: Man sah darauf die Zacken eines Bergwerks und zwei gekreuzte Kohlenhämmer unter einem mit Eichenlaub geschmückten Brustpanzer. Ob Braun- oder Steinkohle, wußte Frau Dahl nicht mehr. Den Ring, den Benno beim Juwelier hatte verkleinern lassen, trug sie jetzt am Zeigefinger. Er blitzte grüßend, als sie nach der Kaffeekanne griff, aber sie war leider leer.

In der Partei war Ludwig nie gewesen. Der Parvenü Hitler und sein johlendes Gefolge, das war nichts für ihn. Als er auf einer Straßenkreuzung unverdient an seinem Taxi von einer hoheitsvollen schwarzen Limousine eine Beule erhielt, hatte er den uniformierten Fahrer angebrüllt: Sie SS-Standartenführerschwein! Glücklicherweise konnte er in einer Seitenstraße verschwinden, aber sie hatten noch wochenlang bei jedem Klingeln an der Haustür gezittert. Das Taxi hatte er gefahren, nachdem er mit seinem Parkhaus am Nollendorfplatz Pleite gemacht hatte, und fuhr es auch noch gegen einen Baum. Armer Ludwig. Das war in dieser verheerenden Zeit, als viele die Ausweglosigkeit in den Selbstmord trieb. Links von ihnen, in der Herderstraße, war das Kopfsteinpflaster blutig von Messerstechereien zwischen Kommunisten und Nazis. Rechts in der Flemingstraße machte die Fahrschule Krebs Konkurs. Und ihnen schräg gegenüber in der Fichtestraße erhängte sich der Eisenwarenhändler Teltschik auf seinem Dachboden. Ach, Ludwig! Deine feingliedrigen Hände, mit denen du in den Klaviertasten grubst. Deine Tanzstundenfigur. Die Skala deines Temperaments. Aber an seine Stimme konnte Frau Dahl sich nicht erinnern. Sie hörte sie nicht mehr. Da half auch kein Bohnenkaffee.

Nie konnte Frau Dahl das richtig hinbekommen: War Vera nun mit ihrem Mann von New York nach Spanien gezogen oder von Portugal nach New York?

Nebenan deckte Ulrike den Tisch auf der Terrasse. Das weiße Tischtuch leuchtete in der Sonne des späten Nachmittags, die Bestecke glitzerten, die Gläser funkelten, die Hauswand schimmerte wie frischer Schnee. Frau Dahl mochte dieses aufdringlich strahlende Sonnenlicht, das ihr ins Gesicht fiel, schon lange nicht mehr. Es strengte sie an, die Schattenspiele beunruhigten sie. Sie zog Regentage vor, wenn alles in ein graues, trübes, eintöniges Licht getaucht war.

Da schon kein Wein im Haus und auch der Kaffee leer war, könnte Frau Dahl sich einen Tee aufbrühen. Schon die Idee war belebend. Doch in der Küche gingen dann die elektrischen Herdplatten nicht an. Teebeutel waren auch keine da. Auch keine Milch. Der Kühlschrank: leer, abgeschaltet. Ein schaler Geruch strömte Frau Dahl entgegen, grabesähnlich. In dieser Wohnung wohnte niemand.

D IESER RITTMEISTER SANFT, der dann unter die Guillotine kam, war, was man zu Frau Dahls Zeiten einen schönen Mann genannt hatte. Groß und breitschultrig und gut zu Leibe, die Schläfen ergraut, auch er zum Witzeln geneigt wie alle diese Herren, wenn sie nicht gerade einen Befehl schnarrten. Er hatte eine unscheinbare kleine Frau, die Elli. Niemand konnte verstehen, warum er sie geheiratet hatte, denn Geld hatte sie auch nicht. Als Frau Dahl, viel später, Vera von dem Rittmeister und seiner Frau erzählt hatte, weil sie das noch immer beschäftigte, lachte die und sagte, diese ihr unbekannte Elli habe sich wahrscheinlich von diesem ihr unbekannten Rittmeister oft, gern und gut durchreiten lassen. So redete Vera. So redeten jetzt alle, aber gewöhnen würde sich Frau Dahl nie daran. Die heutige Sprache war grob, aber war sie deshalb intensiver? Im Fernsehen hatte sie einen Film gesehen, in dem Worte gebraucht wurden, die ihr die Schamröte ins Gesicht getrieben hatten. Die in einen Kuhstall gehörten! Sie hatte sich geniert, das Anhören solcher Ausdrücke mit Benno und Doro, die neben ihr saßen, teilen zu müssen. Dazu wurden sie mit einer Vehemenz herausgeschrien, die ihr angst machte. Die Sprache, so hatte Benno den Film verteidigt, sei ein lebendiger, sich fortentwickelnder Vorgang. Sie ändere sich mit den Zeiten. So wie zur Goethezeit spräche man eben nicht mehr. Ob Frau Dahl sich vorstellen könne, daß heutzutage jemand »dann auf alsbald, werte Frau

Hofrätin« zu ihr sagte? Die moderne Sprache habe ihren Ursprung auf der Straße. Sie würde im täglichen Umgang kreiert und sei wirklichkeitsnah. Daraufhin hatte Frau Dahl geschwiegen. Ihr war nicht einmal das Wort »kreieren« geläufig. Doro hatte ihrem Vater zugestimmt: Geschwollene Sprache fände sie echt beschissen.

Für Frau Dahl war das allerdings kaum noch von Bedeutung. Sie sprach fast gar nicht mehr. Ihre Lippen mühten sich, einen zusammenhängenden Satz zu bilden, den sie vorsichtshalber schon im Kopf formuliert hatte, aber sosehr sie auch drückte und schob, es kamen nur vereinzelte Silben heraus. Zum Verrücktwerden. Oder, was herausgekommen war, war etwas ganz anderes als das, was sie hatte sagen wollen. Sie sah das dann gleich an den gefrorenen Blicken der anderen.

W ENN VERA sie besuchen kam, ob aus Spanien oder New York, war ihr momentan entfallen, saßen sie zusammen im Wohnzimmer mit der Frau Dahl völlig fremden Tapete, eine Blumentapete, die von Tag zu Tag eine andere war, gestern war's Flieder gewesen, heute waren es Chrysanthemen, so wie sich Frau Dahl überhaupt jeden Tag neu zurechtfinden mußte. Vera sprach dann von diesem und jenem, bis ihr das Erzählen ausging. So eine einseitige Unterhaltung mußte ja auch ermüden. Nachdem sie eine Zeitlang stumm gesessen hatten, schaltete Vera den Fernsehapparat an. Oder sie erzählte von Amerika: Laut Vera ging dort jeder, der es bezahlen konnte, zum Psychiater. Manche gingen ihr Leben lang, so wie sie ihr Leben lang zum Friseur und zur Bank gingen. Fast alle Teenager, deren Eltern es ihnen bezahlten, gingen. Sie klagten die Eltern an, zu hart oder zu nachlässig gewesen zu sein, sie hätten ihnen die Kindheit zerstört. Schuld der Eltern sei es, wenn sie jetzt willensschwach seien und voller Komplexe. Dafür bezahlten die Eltern. Auch Hunde und Katzen wurden zur Psychotherapie gebracht. Sündhaft teuer. Vera ging nicht.

Seit einiger Zeit hatte das Pochen in Frau Dahls linker Schläfe zugenommen und ihr die notwendige Konzentration beim Lesen unmöglich gemacht. An den Augen lag es nicht. Frau Dahl brauchte keine Operation wegen grauem Star, wie Irma Bulgereit sie schon mit neunundsiebzig gebraucht hatte. Das Problem war die Konzentration. Beim Lesen zerstreuten sich die Gedanken in alle Richtungen. Jedes Thema zerfiel wie ein Gebilde aus feinem Sand. Backe, backe Kuchen: Die Kinder lernten schnell, feuchten Sand zu nehmen. Frau Dahl verlor den Faden, fand ihn aber wieder. Nichts schöner als lesen. In von anderen erdachten oder berichteten Leben zu leben, die ihr eigenes, unscheinbares verdrängten und es schließlich fiktiv erscheinen ließen, so daß sie die Diktatur ihrer faden Alltage wie durch den Spion in der Tür sah. Der Tatbestand hatte sich umgekehrt. Dort, wo sie stand, auf der Seite der Literatur, war das wirkliche Leben. Ein Leben ohne schlabberige Mahlzeiten, beißen konnte sie ja nicht mehr, ohne die Quälerei mit dem An- und Ausziehen, der Konfusion mit den Knöpfen und Knopflöchern. Ohne die Erniedrigung des Gebadetwerdens unter Ulrikes ungeduldiger Aufsicht, erlöst von der Zurschaustellung ihres vom Alter zerrütteten Körpers: Nun mach schon, ich hab' auch noch was anderes zu tun. Daß Ulrike überfordert war, sah Frau Dahl ein. Sie kannte die Hausarbeit nebenan in dem ockergelben Haus auswendig, wie man das Vaterunser auswendig kannte. Die steilen Stufen zum Keller, die unübersichtlich waren und kein

Geländer hatten. Desgleichen die Treppe zum Dachboden, den Ludwig dann ausbauen ließ. Frau Dahl kannte jeden Winkel. Benno hatte sein Zimmer unter dem Giebel, oder vielmehr hatte es gehabt, Blick in die Zweige der Rotbuche, als er noch seine Modelleisenbahn im Trockenraum aufgebaut hatte. Hatte, hatte, es fiel ihr schwer, sich daran zu gewöhnen. Im Trockenraum hatte Frau Dahl die Wäsche aufgehängt, trotz des Geruchs nach Mäusen. Man konnte den Nachbarn nicht zumuten, im Garten Wäsche an der Leine hängen zu sehen, Büstenhalter, Unterhosen, wer weiß was, während die vielleicht gerade mit Gästen draußen saßen.

Frau Dahl hatte sich früher für Archäologie interessiert. Aus war es auch mit der Musik. Schubert, Beethoven, das hielt sie gar nicht mehr aus. Von soviel Inbrunst wurde sie ganz wuselig. Dazu diese dumme Vergeßlichkeit. Benno und Ulrike hatten eindringlich, um nicht zu sagen streng, mit ihr gesprochen. Sie hätten alle elektrischen Geräte am Hauptschalter abstellen müssen. Die ganze Nacht über hätten die Heizplatten des Küchenherds auf höchster Stufe geglüht, eine afrikanische Hitze habe in dem kleinen Raum geherrscht. Radio und Fernsehapparat, noch vom Tag vorher angeschaltet, hätten im Duett geplappert, und die Haustür habe die ganze Nacht sperrangelweit offengestanden.

So kann das doch nicht weitergehen! hatte Ulrike gerufen. Sie war zum Ausgehen geschminkt und trug einen dünnen Seidenrock, durch den man gegen das Licht ihre Beine sah, was zu Frau Dahls Zeiten als unmöglich, sprich ordinär, galt. Heutzutage war es, laut Doro, der letzte Schrei. Wenn Ulrike sich zurechtmachte, konnte sie noch sehr gut aussehen. Mitte Vierzig war eben kein Alter. Immer noch hatte sie diese feine Haut, wie poliert.

Frau Dahl war verwirrt gewesen. *Sie* sollte die Heizplatten angeschaltet haben, wo sie doch schon seit langer Zeit nicht mehr kochte? Ihre Mahlzeiten kamen von nebenan, mal kam Ulrike mit dem Tablett, mal Frau Placka, mal Doro. Und ausrechnet sie sollte Radio und Fernsehapparat angestellt haben, wo ihr doch die Stimmen der Ansager so unangenehm waren, daß sie die Sendungen immer gleich abschaltete?

Für diese Apparate sei sie nicht zuständig, hatte sie sich mit mühsamer Zunge empört, und Ulrike hatte ihr die Antwort an den Fingern abgezählt: Zuständig sei Frau Dahl für noch ganz andere Sachen! Von dem Miele-Vertreter, der sich, wie sie es genannt hatte, bei Frau Dahl hereingewieselt hatte, habe sie sich eine Geschirrspülmaschine aufschwatzen lassen, Modell 700, Miele, 6 Arbeitsgänge, und kurz darauf habe sie für eine Waschmaschine vertraglich unterzeichnet, Modell 440, vom Feinsten, sogar mit Bio-Einweicher. Und sogar ein Klavier habe sie sich andrehen lassen, eine vollkommen unbekannte Marke, wo doch Opa Dahls Blüthner in ihrem Wohnzimmer vor ihrer Nase stand. Sie, Ulrike und Benno, durften dann zusehen, wie sie Frau Dahls Anschaffungen wieder rückgängig machten. Aber Benno habe jetzt die Haustürklingel abgestellt. Das Gartentor bliebe jetzt verschlossen, da käme keiner mehr ohne Schlüssel durch. Auch Frau Dahls Haustür sei nun versperrt. Nur die Glastür zum Garten bliebe offen, damit sie an die frische Luft könne.

Da Frau Dahl keine Worte kamen, hatte sie nur heftig den Kopf geschüttelt, bis schließlich das Wort »Unsinn« herausfiel. Ihre Schwiegertochter erfand diese unsinnigen Beschuldigungen. Von Anfang an hatten sie die traditionellen Schwierigkeiten miteinander gehabt.

Ihre Brille fand Frau Dahl in der Küche im Brotkasten. Wie sie da hingekommen war, blieb eine der immer häufigeren Unerklärlichkeiten, die sie nervten wie verstohlene Witze hinter ihrem Rücken. Statt der wiedergefundenen Brille vermißte sie nun den oberen Teil ihres Gebisses. Es verrutschte immer, also mußte sie es wohl herausgenommen haben, aber wann und wo? Gestern, oder wann immer es war, hatte Frau Placka, als sie zum Saubermachen kam, Herrn Placka mitgebracht und ihn auf dem Sofa abgesetzt. Stehen konnte er nicht mehr. Sie sagte, er sei plötzlich zu Hause so spinnig geworden, daß sie nicht gewagt hatte, ihn alleine zu lassen. Auch Herr Placka trug ein Gebiß. Oben und unten. Er zog sich die falschen Zähne aus dem Mund und leckte sie gedankenverloren ab. Nicht auszudenken, wie beschämend es wäre, wenn Frau Dahl ihr Gebiß hätte nebenan liegenlassen. Wann war sie eigentlich zuletzt dort gewesen? Neuerdings lief ein doppelter Draht quer über die Plattenstufen, die zu dem etwas tiefer gelegenen Rasen führten. Grenzlinie. Die Pässe bitte. Seltsam. Blieb das Fenster. Frau Dahl öffnete es, es ging leicht, und lehnte die Arme aufs Fensterbrett wie eine sizilianische Hausfrau auf der Lauer nach Sensationen. Der Abend war außergewöhnlich warm. Die Sonne blinzelte schon rötlich über das Dach des Nachbarhauses. Morgens beim Aufwachen hatte sie gedacht, der Tag würde nie vorübergehen, und nun war er sang- und klanglos verschwunden. Nicht einmal ihr Mittagessen hatten sie ihr gebracht. Ihr war zum Weinen zumute. Immer allein. Es hieß, Zeit heilt alle Wunden, Felizitas sagte das bei jeder unpassenden Gelegenheit, dabei stimmte das gar nicht. Eher im Gegenteil. Felizitas sagte auch, etwas weniger widerhallend, Zeit bringt Rat. Oder auch nicht! Mit der Zeit wurde Frau Dahl immer ratloser.

Nebenan war Besuch gekommen, ein Herr und eine Dame, etwa im Alter von Benno und Ulrike. Mit scharrenden Stühlen setzten sie sich an Ulrikes schön gedeckten Tisch. Dabei wurde es nun doch recht kühl, aber Ulrike bevorzugte diesen Tisch auf der Terrasse. Der Tisch drinnen war nicht intim, weil zu groß. Passend für die meisten Gelegenheiten war der Tisch unter der blauen Markise. Das konnte Ulrike, den Tisch unter der Markise hübsch decken. *Tout va très bien, Madame la Marquise,* hatte Ludwig mit Begeisterung gesungen, wenn er bei guter Laune war. Mit hämischem Vergnügen hatte er die vor Verzweiflung immer quietschendere Stimme der Madame nachgemacht. Aber auf frische Tischtücher machte er Kleckse. So etwas merkte er gar nicht. Besonders viele Kleckse gab es, wenn es Hammelbraten mit Birnenkeilchen gab. Das war schließlich zum Familienwitz geworden.

Frau Dahl kehrte aus der lückenhaften Rekonstruktion ihrer Vergangenheit zurück, als Frau Placka das Tablett mit den Resten des Mittagessens holen kam, das gegessen zu haben Frau Dahl sich beim besten Willen nicht erinnern konnte. Frau Placka hatte es eilig. Also kehrte Frau Dahl zum Spionieren am Fenster zurück. Man drückte sich um Politik und Literatur und blieb beim Sport hängen. Fußballprofi Gerhard Irgendwer, Nachname unverständlich, war als erster Bundesligakicker zu einem Verein in den neuen Bundesländern gewechselt, erfuhr Frau Dahl, ohne es zu verstehen. Wie ihr, wurde es auch bald den Damen drüben langweilig. Ulrike wechselte den Platz, um von Frau zu Frau reden zu können. Es wurde getuschelt, rote Fingernägel punktierten die Luft, Frau Dahl war wieder ausgeschaltet. Und blieb es, als der Herr neben Benno, ein Mann von gedrungener Statur, halblaut eine längere Geschichte erzählte. Dann lachten alle, auch er. Es klang wie das Aufbrausen eines Vogelschwarms. Benno goß Rotwein ein. Ein Glück, daß Frau Dahl noch nicht Hören und Sehen vergangen war, aber daß das dort Rotwein war, konnte ein Blinder sehen, so wie es in den von der Abendsonne erfaßten Gläsern glühte. Der Fleischgewaltige redete episch, mit abwägenden Pausen, der war gewöhnt, daß man ihm zuhörte. Benno blickte zu ihrem Fenster herüber. Sie winkte ihm zu, aber er sah schon wieder weg. Wenn Benno redete, wiederholte er sich dreimal, viermal, als sei er nicht sicher, er wurde beim ersten Mal verstanden. Benno war, fürchtete Frau Dahl, für diese Welt zu entgegenkommend. Seine Stimme tröstete schon, wenn das Thema noch bestürzte. Seine Hände untermalten verbindlich die erschreckendsten Nachrichten. Jetzt allerdings hatte sein Gast das Wort: Es beginnt im limbischen System des Zwischenhirns. Dann hörte Frau Dahl nur noch Satzfetzen: Kurzzeitgedächtnis, wo Proteinablagerungen; Zerfallprozeß, den kein Heilmittel; Viren? genetische Blaupause; Morbus Alzheimer vorwiegend bei Frauen.

Dabei ist sie noch in so guter körperlicher Verfassung!
Der Gast schien Arzt zu sein, sehr gelehrt, aber für Frau Dahl ohne Interesse. Scheinbar ein Bayer, denn er trug eine grüne Lodenjacke. War sie hier etwa in Bayern? Sie wohnten doch in Berlin! Geboren wurde Frau Dahl in Ostpreußen, in dem blauen Erkerzimmer im ersten Stock des Gutshauses Großhanswalde. Vom Fenster sah man auf einen Ententeich, hellgrün bezogen mit einem Teppich von Entengrütze. Aber dort war das Land platt wie eine Plinse, wohingegen sie hier auf tannenbestandenes Bergland blickte. Angefangen hatte es also in Ostpreußen, als ihr Vater, der dort im Goldrahmen auf der

Kommode stand, eine Bahnstation im Dorf Großhanswalde bauen ließ, weil ihm der Weg nach Elbing mit der Kutsche zu mühsam war, wenn im Winter alles in Schneedünen versank. Aber wie ging es weiter? Vera behauptete, Elbing hieße jetzt anders. Das Gut hatte Alma gehört. Die war tot. Das alles stürmte so unerwartet auf Frau Dahl ein, daß ihr der Kopf davon schmerzte. Der ganze Schädel, von der Nasenwurzel die Stirn hoch über die Kopfdecke weg bis herunter zum Nacken, summte wie ein Schnellkochtopf.

Abseits am Fenster, ohne Kaffee, ohne Alkohol, angewiesen auf das Spionieren fremder Unterhaltung, hätte Frau Dahl eigentlich nichts dagegen, auch tot zu sein. Natürlich litt sie an Depressionen! Um nicht an Depressionen zu leiden, mußte man jung oder beschränkt sein. Das flaue Gefühl, das ihre Ankunft meldete, brachte sie jedesmal auf das Thema Sterben. Sie hatte Angst davor. Es war ein Irrtum zu glauben, in ihrem Alter fürchte man sich nicht mehr vor diesem Wechsel vom Sein ins Nichtsein. Diese Sekunde, wenn der erlöschende Geist über die Klinge sprang, wie Ludwig das gern bezeichnet hatte, die war ihr unheimlich. Was ging da vor sich? Hoffentlich war sie dann nicht allein. Hoffentlich hielt jemand ihre Hand. *The rest is silence,* Klasse 8 B, Oberprima. Die Placka begeisterte sich neuerdings für ein kürzlich eröffnetes Bestattungsinstitut: Urnen, Gesteckschalen, Kranzschleifen, Grabsteine wie auch jede Menge von Särgen in jeder Aufmachung. Direkt einladend, hatte sie gewitzelt. Dabei fand Frau Dahl diese blankpolierten Kähne mit Messingbeschlag scheußlich. Womöglich noch innen mit Satin ausgelegt, wo ihr doch das Berühren von Satin eine fiebrige Gänsehaut verursachte. Die Juden machten das vernünftiger. Das wußte Frau Dahl von Vera. Die wickelten ihre Toten in deren Gebetsschals, legten sie so in die Grube und schaufelten Erde darauf.

DIESE ELLI, die Frau des Rittmeisters Sanft, hatte in Berlin ganz in Frau Dahls Nähe gewohnt. Zimmermannstraße, Ecke Schloßstraße. Ihre Wohnung war gerammelt voll mit klotzigen Möbeln, und im Winter trug sie einen Ozelotmantel, aber Frau Dahl hatte sie trotzdem gern gemocht. Vielleicht wollte die Elli mit ihrem lauten Geschmack ihre äußere Unscheinbarkeit wettmachen. Jedenfalls war zwischen ihnen eine Art unwahrscheinlicher Freundschaft entstanden, wenn sie auch trotz enthusiasmierter Vornamennennung (liebste Elli! Mein gutes Klärchen!) immer beim Sie geblieben waren. Das hatte an Frau Dahl gelegen. Die brauchte zum trauten Du wenigstens ein gemeinsam bestandenes Abitur und in den Jahrzehnten danach regelmäßige Begegnungen auf Hochzeiten, Jubiläumsfeiern und Begräbnissen, auf denen man sich anvertraute, was den Ehemännern verschwiegen werden mußte. Also ein Leben. Die Elli war eine echte Berlinerin, immer geradeheraus. Das hatte Frau Dahl besser gefallen als der Tonfall hier in dieser Kleinstadt, wo sie nun anscheinend wohnte. Der war mißtrauisch und verschlossen. Nur wenn man untereinander war, wurde es laut. Den Radau aus dem Kronenbräu konnte sie nachts bis in ihr Schlafzimmer hören. Diesen Leuten war alles, was nicht genauso war wie sie selbst, suspekt, dabei ließen sie unentwegt von Gott grüßen. In ihren Gärten hatten sie Gartenzwerge, und im Schreibwarenladen Popper lag der *Stürmer* aus. Es war Frau Dahl ein Rätsel, wie sie hierhergekommen war, warum sie und Ludwig nicht mehr in Berlin in der Fichtestraße wohnten. Das wäre doch viel praktischer. Da hätte es Vera nicht weit in die Schule.

Eines Tages, vor ihrer Evakuierung mit Benno aus Berlin, hatte Elli ihr einen Besuch abgestattet. So förmlich das klang, war es auch gemeint gewesen. Elli war gerade aus Paris zurück, wo sie ihren Mann, den Rittmeister, besucht und natürlich auch Ludwig gesprochen hatte. Sie trug drei Marderfelle, an denen der Kürschner die Köpfe der Tiere gelassen hatte, um die Schultern geschlungen, und wie immer kam sie gleich mit der Sprache heraus: Das Neueste, kündigte sie an, heiß aus der Pfanne! Leider sei es unerfreulich. Sie hielte es aber für ihre Pflicht, Frau Dahl wissen zu lassen, was hinter ihrer beiden Rücken getrieben wurde. Ludwig und der Rittmeister hätten zusammen eine kleine Abendgesellschaft in Ludwigs Wohnung gegeben, laut Ludwig nur ganz intim. Ihr, Elli, sei das Ganze von Anfang an *reichlich* intim vorgekommen. Die drei Glasaugenpaare der Marderköpfe hatten bösartig gefunkelt. Es waren Edelmarder mit goldgelben Flecken, wogegen Steinmarder, wie Frau Dahl einen besaß, weiße Kehlflecken hatten. Unter dem etwa ein Dutzend Personen hätten sich außer Elli noch vier andere Frauen befunden. Eine von ihnen, elegant und mager wie eine Schaufensterpuppe, sei sie gewesen und hätte Elli um Kopflänge überragt, was sie, die Kurzgeratene, in einen Sturm von Minderwertigkeitsgefühlen versetzt hätte, diese Französin also in einem roten Seidenkleid sei mit dem Rittmeister auf du gewesen: wo doch die Franzosen sonst so formell im Umgang waren! Dazu hätten die Raubvogelblicke, mit denen die Rotseidene Elli bedachte, ihr die Gänsehaut über den Rücken gejagt. Klärchen, die wollte mich aus dem Weg haben! Getrunken hätten sie alle zuviel. Überhaupt, wie die da aneinandergequetscht auf dem Sofa gesessen hätten! Die knabenhaft Schlanke lässig und mühelos, die endlosen Beine übereinandergeschlagen, der Rittmeister dösig und schwer vom Alkohol. Neben ihm Ludwig in ähnlicher Verfassung, an ihn gekuschelt noch eine Französin, nicht so herausfordernd gutaussehend wie die andere, aber bestrickend auch sie. Ab und zu habe der Rittmeister selbstvergessen die Finger im champagnerblonden Haar der Gertenschlanken spielen lassen: Ich bitte Sie, Klara! Vor den Augen der eigenen Frau! Und dann seien die beiden einfach verschwunden, erst sie, dann er. Er mit so einer lahmen Entschuldigung, er sei gleich zurück, er ginge nur eben mal schnell, aber es dauerte dann fast eine Stunde. Die Schöne sei weggeblieben. Wenn so etwas passierte, während sie, Elli, in Berlin im Luftschutzkeller hockte, könne sie es noch verstehen. Sie sei erfahren genug, um zu wissen, daß Männer ohne so etwas keine längeren Strecken zurücklegen könnten. Doch irgendwann höre die Nachsicht auf. Die Häßlichkeit der Situation sei unverzeihlich gewesen. Dafür habe sie nicht zweiundzwanzig Stunden auf ihrem Koffer im Gang der gerammelt vollen Bahn gesessen, sogar auf dem WC hätten vier Personen bei offener Tür zusammengepfercht gestanden, was die Benutzung dieses Ortes zur Folter machte, von dem Tieffliegerangriff gar nicht erst zu reden! Empörend, hatte Frau Dahl beigepflichtet, doch Elli war noch nicht fertig gewesen: Der Clou käme erst noch. Deshalb sei sie überhaupt gekommen. Ludwig habe in angeheitertem Zustand innige Grüße nach Hause bestellen lassen, und dann habe er mit genüßlicher Stimme seine Kuscheldame vorgestellt als: *ma petite mignonne*. Das hatte Elli genügt, und es hatte auch Frau Dahl genügt. Mignonne, Schätzchen, Liebling! So hatte Ludwig auch sie in ihren zärtlichsten Augenblicken genannt, als er aus Paris auf Urlaub war. Sogar die Liebesbezeichnung teilte sie mit der anderen! Sie wollte mit Benno ins Wasser gehen, in die trüb ziehende Spree. Den Gashahn hatte sie aufdrehen wollen. Statt dessen war sie dann aber wie immer bei dem Geheul der Sirenen mit Kind und Koffer in den Luftschutzkeller gehetzt.

Nach dem langen Stehen am Fenster taten Frau Dahl die Beine weh. Sie ließ sich schwer in den Sessel fallen. Ihre auf dem sogenannten Rauchtischchen verbliebene Kaffeetasse gab noch ein paar Tropfen her. Kalter Kaffee war Frau Dahls Leben. Erwartungslos blickte sie um sich. Die Tapete war heute grün und lila, Veilchensträuße, etwas niveaulos. Vor kurzem waren es Farnblätter gewesen, auch grün, aber heller. Es waren auch schon Rosensträuße, jeder mit einer weißen Schleife gebunden, hübscher als neulich die Gelbkarierte. Die Turmuhr schlug eine Reihe hallender Schläge, Frau Dahl kam beim Zählen nicht mit. Leider war ihre eigene Uhr stehengeblieben, ein Geschenk von Bennochen, der auf der Terrasse nebenan sein Glas hob und zitierte: Nimm die gute Stimmung wahr, denn sie kommt so selten!

Aus Schopenhauers Aphorismen, wie Frau Dahl von Ludwig wußte. Der hatte Schopenhauer nur so verschlungen und dabei immer mit Grünstift angestrichen. Kein Wunder, daß dieser Pessimist nur selten in guter Stimmung gewesen war. Auch Frau Dahl könnte mit einem Zitat dienen, der Epicharmos ging ihr durch den Kopf, wie ging das doch gleich, wie fing das noch an, da-da-da-da, und jene stehn im Wahn, sie wären lobenswert: so scheint dem Hund der Hund das schönste Wesen, so dem Ochs der Ochs, dem Esel der Esel und dem Schwein das Schwein.

Also bitte, daß sie das noch zusammenbekommen

hatte! Goethe hatte schon früher zu einer anderen Erfahrung etwas pikiert bemerkt: Das glücklichste Wort, es wird verhöhnt, wenn der Hörer ein Schiefohr ist. Ja, meine Lieberchen, Omi spurt noch.

Frau Dahl stand wieder auf, und natürlich fiel ihr dabei der Stock aus der Hand. Prompt knickte die linke Hüfte ein, die mit der Arthrose. Ein Glück noch, daß sie auf den Teppich geschlagen war. Der Länge lang. Aus ihrer Sicht auf dem Rücken fern oben die Zimmerdecke, durch deren körnigen Verputz ein Riß wie der Verlauf der Weichsel lief. Tisch- und Stuhlbeine umgaben sie wie ein kahlstämmiger Wald. Von unten gesehen wirkten die gepolsterten Sitze der Stühle wie verstaubte Grotten. An Grotten hatte sie eine unangenehme Erinnerung, die ihr jetzt aber entfallen war. Sie versuchte noch, sich in der unerwarteten Landschaft ihres Wohnzimmers zurechtzufinden – wie lange sie da lag, wußte sie nicht –, als ihre Enkeltochter, die jüngere, mit einem Tablett hereinkam und aufschrie: Nein, also Omi! Resolut griff sie Frau Dahl unter die Achseln und riß sie hoch wie eine Stoffpuppe. Sie war ein hochgewachsenes Kind, ein Backfisch mit breiten Handgelenken, der Flachskopf von einer scharfen Dauerwelle gekräuselt, wie Schamhaar, fand Frau Dahl geniert. Sie war wieder in ihrem Sessel gelandet. Wen Vati und Mutti denn zu Besuch hätten, fragte sie mit der gepreßten Lautbildung der Spastikerin. Auf dem Tablett nichts Neues, Spaghetti, die Tomatensauce aus der Büchse, egal. Seit ihr die Platte vom Gebiß die obere vordere Mundhöhle verschalte, schmeckte sie sowieso kaum mehr was. Zahnlos, zitternd, blutverschmiert hatte sie bei Dr. Guliasch im Stuhl gesessen, nie würde sie die erniedrigende Folter verkraften. Hatte sie gedacht. Aber man gewöhnt sich an alles. Das war das erniedrigendste. Frau Dahl gierte nach Karpfen blau.

Ach, die kennst du ja doch nicht, gab Doro, von Dorothea, Auskunft. Dabei starrte sie auf einen feuchtdunklen Fleck auf dem Teppich: Nun sag bloß, du trägst wieder keine Windel!

Könnte sie endlich neben Ludwig begraben liegen! Umkommen wollte Frau Dahl vor Scham. Oder irrte sich Doro? War der Fleck nicht schon vorher da? Andauernd warfen sie ihr irgendwas vor, nun sogar Doro. Als du klein warst, Dörchen, durftest du bei mir alle Schubladen aufziehen und alles durchs ganze Haus verstreuen. In der Badewanne durftest du große Wäsche mit meinen guten Blusen spielen.

Kniend bearbeitete Doro den Teppich mit einem Wischlappen: Ulrike wird wild, wenn sie das sieht, schimpfte sie. Sie hatte Bennos vertrauensvoll blaue Augen und Frau Dahls abstehende Löffelohren, leider, und sie nannte ihre Eltern beim Vornamen. Iß, Omi, iß, drängte sie. Die brauchen drüben das Tablett.

Zeit hatte außer Frau Dahl niemand. Ulrike putzte, wischte, pflanzte, staubsaugte, machte Einkäufe, bügelte, ging zu Eltern-Lehrer-Meetings. So hieß das ja jetzt auf deutsch. Bennochen hetzte sowieso immer herum, immer der Ärger mit der Lieferung der Neureifen, das kannte Frau Dahl noch aus Ludwigs Zeiten, und dann schickte Ulrike ihn noch schnell zum Huber, weil der Räucheraal hatte. Und als Frau Dahl Vera in Spanien besucht hatte, hatte die auch nie Zeit gehabt. Also hatte sie jeden Vormittag und jeden Nachmittag, über Mittag war's zu heiß, auf Veras großer Terrasse gesessen, allein. Blick auf die von der Hitze verbrannten Hügel, zum Meer hin abgestuft, auf Wassertürme und Feigenbäume, deren bewegungslos hängende, glänzende Blätter groß genug waren, jeder frommen Schamhaftigkeit Genüge zu tragen. Vera, wenn sie nicht anderweitig in Haus oder Garten beschäftigt war, hockte mit krummem Rücken vor ihrer Schreibmaschine. Auch Nat war fast immer in seinem Zimmer – sie nannten es Studio – beschäftigt gewesen. Manchmal war die Nachbarin, die erstaunlicherweise nichts zu tun zu haben schien, herübergekommen und hatte sich zu Frau Dahl gesetzt. Mrs. Smith. *Den* Namen konnte sogar Frau Dahl behalten. Typische Amerikanerin, aber an den Amerikanern war ja alles typisch. Sie sprach ein paar Worte Deutsch, die Großeltern stammten aus Kiel: Willst du Ti-wi sehen? Bloß immer Aussicht nix gut.

Als sie dann den Apparat angeschaltet hatte, sah es aus wie in einem Aquarium. In einem blaßgrünen Unterseelicht schoß irgend etwas herum und zerplatzte dann. Weißliche Kugeln. Das sei der Krieg in Irak, hatte Mrs. Smith so stolz erklärt, als gehöre er ihr persönlich. Auch Soldatinnen wären eingesetzt worden. Bei einem Interview habe eine von ihnen beschrieben, was dieser Krieg für einen Riesenspaß machte, *lots of fun!* Also. Das war für Frau Dahl denn doch zuviel des Guten. Krieg war Krieg, aber *lots of fun* war er nicht.

Wenn dann der Mond hinter dem alten, verknorpelten Johannisbrotbaum aufstieg und das Glöckchen am Eselskarren eines um diese Stunde heimkehrenden Bauern bimmelte, holte Vera die Rotweinflasche und Gläser und setzte sich zu Frau Dahl an den Gartentisch. Endlich! sagte sie dann jedesmal und ließ eine gelehrte Kaskade los: In reiner Quantität bedeute Hausarbeit einschließlich der Kinderbetreuung eine ungeheure Menge gesellschaftlich notwendiger Produktion, aber sie galt nicht als wirkliche Arbeit, weil sie außerhalb des Marktes liege. Und so fort. Frau Dahl war das alles immer reichlich übertrieben vorgekommen. Es war doch alles gut eingerichtet, so wie es war. Ludwig hatte ihr immer gegeben, was sie brauchte, höchstens, er hatte im Spielkasino verloren. Einer mußte sich doch um die Kinder kümmern. Der Staat sollte dafür bezahlen, daß sie abgerissene Knöpfe annähte? Da mußte Frau Dahl lächeln.

D**ORO DRÄNGTE**, nu' mach schon, Omi. In ihrem Alter wollte Frau Dahl, ja was wollte sie, den Ausnahmezustand der Liebe wollte sie herbeizwingen und lief offene Türen ein. Doro zu Gefallen schluckte sie noch einen Löffelvoll labbriger, überkochter Spaghetti, mehr konnte sie nicht herunterbekommen, der Teller blieb fast voll. Wenn Spaghetti Plural war, war dann der Singular Spaghetto? Anscheinend nicht, denn die Placka, wenn sie die schmutzige Wäsche abholte und die saubere brachte, sprach von dem Freund ihrer Tochter als von diesem Spaghetti. Kommentarlos nahm Doro das kaum berührte Abendbrot entgegen. Zu Frau Dahls Zeiten galt noch der Glaube an Sparsamkeit. Verschwendung war Sünde, iß auf, denk an die Kinder in China. Auf Großhanswalde zählten Sparsamkeit und Fleiß nicht nur fürs Küchenpersonal und die Landarbeiter, die man damals noch ungeniert Knechte nannte. Auch Frau Dahl und ihre vier Schwestern wurden dazu angehalten, sparsam und fleißig zu sein, mit Fleiß Sparsamkeit zu üben. Das Plätteisen, schon ausgestöpselt, wurde benutzt, bis die letzte, verschwindende Wärme verbraucht war. Wer den Pfennig nicht ehrt. Reste wurden verwendet, Kleider verändert, Säume an Hosen und Röcken verlängert, und doch war ihr Vater ein reicher Mann. Sparsamkeit ist kein Geiz, sagte er und bewies es auch. Jahrelang hatte bei ihnen ein

Herr von der Zummert, ein kränklicher Nörgler, als unentgeltlicher und verfressener Gast gewohnt, bis er vor Gefräßigkeit an Darmverschlingung gestorben war. Seine Frau hatte ihn vom angrenzenden Gut Eschenhof, das ihr gehörte, rausgeschmissen. Trat er ins Zimmer, eilten Frau Dahl und ihre Schwestern, erwachsen schon, aber noch unverheiratet, auf ihn zu und küßten ihm artig die wabbelige Hand. Andere Zeiten, andere Sitten! Einmal hatte Frau Dahl in der Grotte am Teich im Park übernachten müssen. Als junge Verlobte hatte sie mit Ludwig in Elbing im Gasthof zur Hoffnung zu Abend gegessen und dabei die vorgeschriebene Stunde ihrer Rückkehr überschritten. Umsonst hatte sie mit dem Schlüssel im Schlüsselloch der heimatlichen Haustür herumgestochert. Die Mutter hatte sie von innen verriegelt. Zum Klingeln mit anschließender Schelte war sie zu stolz gewesen. Darüber war sie heute noch froh. Also hatte sie die Nacht in der Grotte verbracht. Die war voller Weberknechte gewesen, ganze Teppiche der langbeinigen Spinnen klebten aneinandergedrückt an der gewölbten Decke. Als sie versehentlich eine davon berührte, fiel der halbe Wandbehang auf sie herab. Grausig! Zu Hause hatte sie immer nur Worte wie pünktlich, ordentlich, zuverlässig, rührig gehört. Von Ludwig hörte sie dann Worte wie ungebunden, phantasievoll, erlesen, sinnenfreudig. Jetzt gefielen ihr auch die Worte von zu Hause wieder. Konnte es denn nicht beides sein?

Auf Großhanswalde wurde alle zwei Wochen gebadet, häufiges Baden war Zeitverschwendung und schlecht für die Haut. Man wusch sich kalt in einer Schüssel, auch im ostpreußischen Winter im ungeheizten Schlafzimmer. Als Ludwig dann später das Taxi fuhr, sparten sie nicht mehr aus Weltanschauung, sondern aus Not. Frau Dahl sparte

Kohle und heizte den Kessel nur für eine Wannevoll. Zuerst stieg Ludwig ins Wasser, danach badete sie Verachen, zu der Zeit ein quirliges Kleinkind. Wenn Frau Dahl an die Reihe kam, hing schon ein grauer Schaumsaum innen am Wannenrand. Wenn sie Doro so etwas erzählte, kicherte die: Omi, du klingst mal wieder richtig sehnsüchtig nach den guten alten Zeiten. Jetzt rief sie, schon halb aus der Tür: Nacht, Omi! Morgen kommt Vera.

Frau Dahl freute und ärgerte sich zugleich. Warum hatte ihr das niemand früher gesagt? Wovon sie denn die ganze Woche gesprochen hätten, brummelte Doro und schlug die Tür mit dem Ellbogen zu, das Tablett in beiden Händen. Also Vera kam. Sie war immer ein gutes Kind gewesen. Frau Dahl wurden die Augen feucht.

Wieder auf dem toten Gleis, fiel ihr das Opernglas ein. Drei schlürfende Schritte zur Schreibtischschublade, und sie hatte es in der Hand. Warum hatte sie nicht früher daran gedacht? Das Fenster war wieder geschlossen, immer machten sie das Fenster zu, also Fenster auf, kalte Nachtluft. Frau Dahls Mutter hatte immer gesagt, kalte Luft sei gesund. Im ehelichen Schlafzimmer von Frau Dahls Eltern hatte im Winter sibirische Kälte geherrscht. An ihrem fünfunddreißigsten Geburtstag hatte die Mutter dem Vater »von nun an« ihre Dienste im Bett versagt, denn *sie* sei Gott sei Dank nicht tierisch getrieben. Der Vater hatte Trost auf Gut Eschendorf gefunden.

Im Garten war es dunkel geworden. Sie hatten Kerzen in Windschutzgläsern auf den Tisch gestellt, goldene Lichtflecke, die ihre Gesichter erhellten und sich in ihren Augen spiegelten. Mit dem Opernglas war Frau Dahl unter ihnen. Benno hatte sich seinen dicksten Pullover angezogen, die Begleiterin des kompakten Bayern bibberte in einen Wollschal gewickelt. Sie hatte ein gefurchtes Puppengesicht, Ost und West von klunkerigen Goldohrringen abgesteckt. Ihr Haar, auf Tizian getönt und auf Engelskopf gelockt, warb um das flüchtige Wunder der Jugend. Für Frau Dahls Geschmack war das alles ein bißchen zuviel des Guten. Die blonde Ulrike blieb doch die Hübschere. Woher Benno die große Nase hatte, blieb Nahrung für Rede und Gegenrede, jedenfalls war der Gesamteindruck aristokratisch. Beunruhigend war nur die tiefe Falte über der Nasenwurzel. Sie war Frau Dahl neu. Es war ihr bislang auch nicht aufgefallen, wie sehr sich sein Haar aus der Stirn zurückgezogen hatte. Er sagte etwas Unverständliches, seine Zunge wischte ungewiß hinter den Worten auf. Ulrikes Augen flitzten zu ihm hinüber, ihr Blick enthielt eine private Warnung. Der Bayer, der nicht wissen konnte, daß er in Großaufnahme erschien, popelte andächtig in der Nase, sah aber sonst nicht schlecht aus. An wen erinnerte er Frau Dahl doch noch, dieser Bär im Aufrechtgang mit dem breiten Gesicht, in dem alle porigen Flächen und Kanten glattgeschliffen waren wie Dünen vom Wind? Graublond. Orientalischer Blick. Im Fernsehprogramm sprach mal so einer auf russisch, eine ältere Ausgabe von diesem hier. Auch der Bayer schimpfte. Er war bei der Arbeit total überlastet, die Wochenenden verbrachte er damit, Formulare auszufüllen und Punkte zu zählen, anstatt seine Rosen für den Winter vorzubereiten. Seit einem halben Jahr läge der Bestseller, den ihm Benno empfohlen hatte, ungelesen auf seinem Nachttisch. Seit einem Jahr wolle er in das Engadin. Im Winter natürlich, im Sommer sei ja die ganze Welt vom Tourismus entstellt, Pepsibüchsen und Schokohüllen von Singapur bis Reykjavík, Orangenschalen am Nordpol. Dazu diese Sprechstundenhilfe, eine Ziege auf Rädern. Verreisen konnte man allerdings schon deshalb nicht, weil einem ja trotz Warnanlagen das Haus ausgeräumt würde. Was also hatte er von seinem schwerverdienten Geld? Wo blieb da die vielzitierte Lebensqualität? Was nützte ihm der Anselm Kiefer über dem Sofa? Man kehrte ins Mittelalter zurück. Mord und Totschlag, Drogenhandel selbst in den idyllischsten Nestern, Überfall an jeder Straßenecke. Seine Stimme grollte. Auf dem Tisch hatte sich ein Stilleben angesammelt, leere und halbleere Flaschen, Frau Dahl zählte zwei Sektflaschen, leer, zwei Rotweinflaschen, leer, eine Flasche Birnengeist, halb leer, eine Flasche Sauternes, fast leer, dazu Gläser aller Art für alle Gelegenheiten, teils leer, teils halb leer. Kinder, hört doch auf, soviel zu trinken, und noch dazu alles durcheinander! Rauchen tat soweit nur der Bayer. Rauchwolken ausstoßend wollte er wissen, ob denn die Menschheit in ihrer Geistesarmut und Borniertheit nicht schon beklagenswert genug sei. Neid und Habsucht überall wie schon immer, Feigheit und Unbelehrbarkeit überall wie schon immer, doch am unbelehrsamsten seien die Frauen. Als Arzt habe er sattsam Gelegenheit, das zu beobachten. Ignorant, aber zäh wie Kleister, täglich erlebe er das in seiner Praxis. Da helfe keine Aufklärung, kein gutes Zureden, denn: Frauen hörten nicht zu. Nicht zuhören, nicht aufpassen, das sei die ärgste der weiblichen Untugenden. Wehleidigkeit, die gebe es auch bei Männern, vielleicht sogar mehr bei denen; Feigheit, auch die gebe es bei Männern. Doch die pure Dummheit, nicht auf den ärztlichen Rat zu hören, gäbe es überwiegend bei Frauen. Ein einfaches Beispiel für die weibliche Hygiene auf dem WC genüge: von vorn nach hinten wischen, nicht umgekehrt! Zahllose Infektionen könnten vermieden werden. Doch seine Worte fielen auf taube Ohren. Eine schlichte, einleuchtende Anweisung, dazu kostenlos, die keine Frau befolge. Crux medicorum! Blöde Weibsbilder.

So wische es sich aber schlecht, protestierte die Freundin des Bayern schwach. Der fehlte Selbstbewußtsein. Ihr wurde nicht zugehört. Schon war etwas anderes dran. Ulrike erzählte von Portugal, der Besuch bei Vera und Nat: Sogar Omi haben wir mitgeschleppt. Frau Dahl mühte sich, sich das zu merken: Also doch nicht Spanien. Die weißgekalkten Häuser. Die schwarzgekleideten Frauen. Das tote Hündchen, zusammengerollt auf dem Deckel einer Mülltonne, als ob es schliefe – verhungert. Benno erwähnte die Freundlichkeit der Portugiesen, den auf Holzkohle gegrillten Fisch, den starken arabischen Einfluß. Dabei kam er in Fahrt. Die Araber hatten dem Land Kultur gebracht, bis die Christen auf ihren Kreuzzügen sie blutig vertrieben. Richard der Löwenherzige, nicht zu verwechseln mit Heinrich dem Löwen, wennschon beide im zwölften Jahrhundert, auch er habe sich da erst im Lexikon informieren müssen. Als Richard die Burg in Silves, damals Hauptstadt vom Algarve, umzingelt hatte, versprach er den arabischen Verteidigern freies Geleit, wenn sie einzeln und ohne Waffen herausträten. Als die das dann taten, wurden sie nacheinander gekillt. Das nannte sich löwenherzig, von christlich gar nicht zu reden! Die Bewohner des Fischerdörfchens Alvor, auch im Algarve, hätten die Verbreiter des Christentums so blutig niedergemetzelt, daß keine Katze lebend davongekommen sei. So wie heute in Bosnien! Benno klang jetzt wie seine Schwester Vera, nur daß sie aus verschiedenen Ecken argumentierten. Benno war gläubig. Und dann erschrak Frau Dahl. Der Bayer, in Hemdsärmeln, als ob ihm in der kalten Nachtluft zu heiß geworden sei, fragte sich laut genug, daß alle es hören konnten, ob das Getue der Amerikaner noch einmal Krieg im Irak bedeute. Das peinliche Überdauern des zweiten Hitlers sei für den jetzt abtretenden Bush ein Stachel im Hintern. Ein zweites Kuwait als rettende Schlußrunde? Kuwait Redux?

Aber das war doch nicht möglich! Kuhweid, das war doch das Städtchen bei Kallischken, ganz in der Nähe von Insterburg! Standen die Amerikaner vor Insterburg? Lieber Gott, würde die Menschheit nie lernen?

Frau Dahl erkannte draußen die Schritte der Placka, ein Schlüssel drehte sich im Schloß. Sie sollte ins Bett, obwohl sie noch gar nicht müde war. Schon im Flur rief Frau Placka: Zeit für die Heia, Tante Dahl! Weil Frau Dahl Pate für Frau Plackas inzwischen längst erwachsene Tochter, die Marlene, gestanden war, die sie als immerzu laufnasiges Kindchen so genannt hatte, behielt Frau Placka diese Anrede bei: So halte ich die Zeit auf, sagte sie. Das Opernglas konnte Frau Dahl noch schnell verschwinden lassen. Was war doch eben gewesen, eben hatte sie doch irgendeine Nachricht erschreckt, aber nun war alles weg, ausgelöscht. Es kam einem dann immer um so wichtiger vor und ließ einem keine Ruhe.

Die Zähne, Tante Dahl, das Jebiß, mahnte die Placka und half, es aus Frau Dahls Mund zu polken. Daraufhin stürzte deren Gesicht ein wie ein stolzes Gebäude. Wenn sie mit der Zunge ihr Mundinneres abtastete, fühlte sie, daß sich die Landschaft dort drastisch verändert hatte. Ein Bergrutsch. Eine Naturkatastrophe. Die Placka half beim Ausziehen, stülpte ein geblümtes Nachthemd über ihren Kopf und zerrte es über ihre schlaffen Brüste. Dazu dozierte sie: Immer mit die Ruhe und dann mit'n Ruck.

Haut und Knochen alles, dürre Arme, Stangenbeine, nur der Bauch quoll käsig gebläht hervor. Was nützte es Frau Dahl zu wissen, daß es Senkrücken und Rückgratverkrümmung waren, die ihren Bauch vorschoben und sie über einen Kopf an Statur hatten verlieren lassen. Bis zu einem gewissen Punkt empfand man sich, von Augenblicken der Überforderung abgesehen, als noch einigermaßen jugendlich, man vergaß, was die anderen schon längst bemerkten. Aber dann war es auch damit aus. Die Placka setzte sich stöhnend in den gefransten Sessel neben dem Bett: Ohne Jebiß sehn Sie aus wie 'ne Hundertjährige, Tante Dahl. Sie selbst hatte Wasser im Knie, dazu hohes Blutfett. Ihr Gesicht unter den weißen Friseurlöckchen war massig vom vielen Eisbein. Die Augen himmelblau. Gebürtige Schlesierin. Danach Berlin wie Frau Dahl. Die Hubertochter trüge jetzt Korrekturketten: Hab' ich mir für Marlene nie leisten können, sagte sie irgendwie triumphierend. Ihr Leben lang hatte die Placka die Arbeit zur Religion gemacht, ausgeruht hatte sie nie. Um sechs raus, auch sonntags, unverdrossen. Mit Recht stolz auf ihre Arbeitswut, zählte sie Frau Dahl die Pflichten des Tages auf, die Maschinenwäsche und die Handwäsche für drei Haushalte, das Bügeln dito, die Fenster bei Kronmaiers, der Fußboden bei der jungen Frau Dahl, Bohnern auch in der Praxis von Herrn Dr. Haupt, die Hausarbeit im eigenen Haus nicht zu vergessen, das Essen für den Mann. Und trotzdem hatte die Tochter jetzt schiefe Zähne. Im Gehen nahm Frau Placka gleich noch die Wäsche von gestern mit, morgen käme sie dann bei Frau Dahl bohnern. Schon war sie weg, erschien aber noch einmal mit einem Bündel Laken im Arm. Ihre Marlene, sagte sie mit dem Blick über Frau Dahl hinweg, habe es jetzt mit so einem Orientalen. Ihr läge das Exotische, sagte die aufrührerische Marlene. Die Placka schauderte es da nur. Worte konnte sie da nicht finden. Und auch Frau Dahl konnte bei aller Menschenfreundlichkeit nichts Gutes in einer solchen Verbindung sehen. *East is east, and west is west*, hatte schon Kipling gefunden.

Schönen Traum, Tante Dahl, verabschiedete sich Frau Placka. Das Licht ging aus. Aus Schwarz wurde langsam ein durchsichtiges Grau, in dem ein blasses Oval schwebte. Das war der Spiegel des Kleiderschranks. Durch das offene Fenster trieben Gesprächsfetzen ins Zimmer. Wovon war doch noch gerade mit soviel Pathos die Rede gewesen? Frau Dahl würde jetzt gern eine Hand ergreifen, irgendeine, am liebsten Ludwigs, aber auch Doros würde helfen. Wenigstens hatte draußen jemand Lampions aufgehängt, daher die tanzenden Lichter im Spiegel, nett von Ihnen, Frau Pissarewski, recht schönen Dank. Und wie geht's der Marlene?

Quatsch. Frau Dahl war hier nicht richtig. Dieser Kleiderschrank mit dem ovalen Spiegel stand in der Berliner Wohnung in der Fichtestraße. Alles klar. Wenn Ludwig nach Hause kam, mußte sie ihm etwas Unangenehmes sagen, hör zu, Ludwig, aber bitte reg dich nicht auf, es ist die Sache nicht wert. Der Gerichtsvollzieher war da. So ein dünnes Männchen, wie dem der Magen geknurrt hat, mußte ich ihm ein Marmeladenbrot anbieten, der war ja noch ärmer als wir. Er hat es mit Appetit verzehrt, obwohl es nur Vierfrucht war. Aber den Steinbeck hat er trotzdem pfänden müssen, unter Entschuldigungen. Der ist nun weg. Großmutter Nikolais Brillantohrringe und dein goldenes Zigarettenetui hatte ich schon vorher im Garten vergraben, mir schwante ja schon so etwas. Links von der Ziermandel, vergiß das nicht. Die Erde war schon zu hart, um Papageientulpenzwiebeln zu stecken.

Ein langes Wort. Zwiepapatulgeibeln. So ging es Frau Dahl zuletzt immer beim Lesen, bevor sie es ließ. Statt Nachlaß las sie Nachtfraß, statt autorisiert las sie autorasiert, und so weiter.

Nebenan Musik. Seinen geliebten Chopin hatte sich Ludwig nie ausreden lassen, auch nicht von dem Rittmeister Sanft, der als Musikkenner galt. Spielereien an französischen Kaminen! hatte der Chopin abgetan. Kein Wunder, hatte er gesagt, daß die Amerikaner dieses melodische Getriller zu Schlagern verkitschten. Ludwig hatte ihm widersprochen: Die Amerikaner verkitschten alles, was ihnen in den Weg kam. Und er hatte von der morbiden, fast hinterhältigen Eleganz der Etüden gesprochen. Nach Kriegsende konnte Frau Dahl dann überhaupt keine Musik mehr hören, ohne weinen zu müssen. Nicht einmal Mozart. Mozart besonders nicht und Chopin schon gar nicht.

Der Rittmeister war ein Mann, der nicht wartete, daß ihm das Leben etwas schenke. Davon dann später die Konsequenz. Kleine versteckte Augen hatte er, aber es entging ihnen nichts. Ein galanter Gastgeber, dem die Uniform blendend stand. Nur hatte Frau Dahl es schade gefunden, daß sein wandernder Blick jede wohlbeschaffene Fünfzehnjährige einlud, als warte die nur auf ihn, den Mann von über fünfzig. Er hatte so etwas doch gar nicht nötig. Aber so waren die Männer: Je oller, je doller, sagte die Placka. Trotzdem mußte Frau Dahl sich gestehen, daß sie auf eine ihr selbst peinliche Art von diesem Menschen fasziniert gewesen war. Er hatte so schöne Hände. Mit denen hatte er sie auf einer vom Alkohol animierten Geselligkeit in seiner Wohnung am Savignyplatz gegen die Wand in der Diele gedrückt und sie zwischen den ausgestreckten Armen gefangengehalten. Sie hatte sofort versucht, sich loszumachen. Wenn sie daran dachte, wurde ihr heute noch ganz heiß. Sie hatte dem Rittmeister keinerlei Grund für sein empörendes Ungestüm gegeben. Oder etwa doch? Hatte ihm ein längerer Blick genügt, um sie trotz ihrer entschiedenen Abwehr in die abgelegten Mäntel und Jacken des Garderobenständers zu pressen und sie, gebettet in kratzende Wolle, zu küssen? Als ob ein abschätzender Blick gleich eine Einladung zum Äußersten wäre! Was sich die Herren so einbildeten! Der ganze Vorfall war Frau Dahl heute noch so unerquicklich, daß sie sich auch ohne Kaffee erinnerte, wie eindeutig der Rittmeister sich gegen sie gelehnt hatte.

Der Spuk seines kopflosen Rumpfes in Offiziersuniform mit abgerissenen Epauletten, seine auffallend breiten Schultern, zwischen denen blutsprudelnd der Stumpf des Halses saß, scheuchte sie zuweilen aus dem Schlaf. Sekundenlang stand er umgeben von einem gelben, ins Grünliche auslaufenden Lichtschein am Fußende ihres Bettes, dann zerrann das Gespenst, und sie suchte mit zitternden Händen im Dunkeln nach dem Schalter der Nachttischlampe. Die ließ sie dann an und saß aufrecht im Bett, bis es draußen hell wurde.

Mit der Elli hatte sie später den Kontakt verloren. Die war zur Zeit der Hinrichtung schwanger gewesen, hatte es aber dahingestellt gelassen, wer der Vater des Kindes war.

An Schlaf nicht zu denken.

D*RAUSSEN SASSEN SIE* immer noch bei Wein und Windlichtern und redeten vom Krieg. Kinderchen, hört doch auf. Es nützt ja alles nichts. Kriege, hatte Ludwig immer gesagt, seien unvermeidbar, weil sie in der menschlichen Mentalität wurzelten. Seine Tochter Vera dagegen sagte, daß bei all dem Geld, das an dem laufenden Handel mit den niederträchtigsten Waffen verdient wird, Kriege unumgänglich seien. *Let's slip the dogs of war!* Julius Caesar. Ja, meine Lieben, da staunt ihr. So ganz verrostet war Frau Dahl nämlich noch nicht. In der Schule hatten sie Shakespeares Königsdramen schier endlos büffeln müssen, erst in der Übersetzung von Tieck, dann auf englisch. Das englische Königshaus war bis heute noch eine Quelle der Anregung. Erst unlängst hatte Frau Dahl an der Traumhochzeit von Charles und Diana über das Fernsehen teilnehmen können. Daß es so etwas noch gab! In diesen Zeiten, wo alle auf einer geradezu grotesken Reizlosigkeit bestanden! Frau Dahl war gerührt gewesen. Es hatte sie richtig aufgemöbelt, richtig erfrischend war es gewesen. Doch dann war Doro mit der Nachricht gekommen, das junge Paar sei von ehelicher Unpäßlichkeit befallen. Diana habe sich die Treppe hinuntergeworfen. Dem nicht genug, sei die Ehe des Herzogs und der Herzogin of York, im Volksmund »of Pork« genannt, da beide zur Fettleibigkeit neigten, zum frühen Ende gekommen. Herzogin Fergie habe im Oben-ohne-Zustand mit einem amerikanischen Boyfriend gekost und sich von ihm die herzöglichen Zehen ablutschen lassen, am Schwimmbecken. Frau Dahl glaubte das einfach nicht. Das war wieder einmal die Presse. Die druckte wie gelogen.

Nebenan ein Auflachen im Quartett, schallend, blechern und irgendwie unmenschlich, eher erinnerte es Frau Dahl an das Schnattern und Schnarren eines Schwarms großer Vögel. Gern wäre sie ja drüben dabei, müde war sie überhaupt nicht. Sie würde sich ja auch ganz still verhalten, zufrieden, wenn sie den Hund streicheln und dem Gespräch zuhören könnte. Hörte sie doch selbst, wie es klang, wenn sie den Mund aufmachte. Anstatt zusammenhängender Worte sprangen verwaiste Silben hervor, die explodierten wie Knallfrösche: Päng! päng! päng!, so daß sie sich jedesmal selbst erschreckte. Sie verlor dann sofort den Faden. Also Stille, also Dunkelheit. Lichter im Spiegel, der glatzköpfige Mond im Fenster, da war doch sie wußte nicht mehr wer gestorben, und jemand sollte zu Besuch kommen. Frau Dahls Gedanken verstreuten sich wieder einmal in alle Richtungen. Und sie hätte so gerne Ruhe im Kopf! Ruhe da oben, hört ihr? Abstellen! Zudrehen! Dieses ununterbrochene Denken im Kreise, dieses Einstürmen von Gedankenfetzen und zerstückelten Erinnerungen zermürbte einen ja völlig, dieses nie anhaltende Karussell von aufflackernden Bildern. Verrückt konnte man werden.

Früher kam wenigstens noch mal der Hund herüber, so ein mittelgroßer, struppiger, grauer, immer mit einer Locke über dem einen Auge, der Emil. Getauft auf Emir, aber das hatte hier in der Nachbarschaft niemand begriffen, angefangen mit Frau Placka. Der Emil hatte Zeit. Der war nie im Streß. Doch jetzt erlaubte Ulrike nicht mehr, daß Frau Dahl ihn hereinließ, wenn er an der Glastür kratzte. Zwei Haushalte, der große Garten, Doro hin- und herkutschieren, wenn die bloß erst ihren Führerschein hätte, und Wäsche verbrauche die mehr als Ulrike und Benno zusammen, dazu ginge es jetzt, kaum war das ganze Einkochen und Einmachen vorbei, schon bald mit den Weihnachtsvorbereitungen los, vorher noch das Elterntreffen in der Schule, das sei auch ohne Hundehaare und Schmutz auf dem Teppich genug. Alle waren überfordert, nur nicht Emil und Frau Dahl. Unlängst noch hatte sie zu Geburtstagen eine Obsttorte, Kirschtorte,

Stachelbeertorte, je nachdem, was es gab, gebacken, aber dann hieß es, ach, immer Kirsch-, immer Stachelbeertorte, wo es doch beim Bäcker die große Auswahl gibt. Für Ludwig hatte sie hauptsächlich Buttercremetorte backen müssen, mit Zuckerhäschen verziert, das hatte ihn furchtbar gefreut, darauf hatte er bestanden. Seit er in Amerika, wo sein Sterben verzögert werden sollte, dann doch gestorben war, hatte er ihr immerzu gefehlt. Sein reger Geist. Seine um Nachsicht bittenden Augen. So etwas wurde nicht mit der Zeit besser. Es bohrte und bohrte bis zum Ende. Schwierig genug war er ja gewesen. Als er auf dem Dachboden gegen die aufgespannte Wäscheleine gelaufen war, hatte er die Strippe mit der Axt zerhackt. Er hatte damals schon die Prothese. Frau Dahl hatte nie gewagt, etwas zu sagen, auch nicht, wenn er so heftig mit dem Stuhl herumrückte, daß er das ganze Parkett zerschrammte. Konnte man einen Menschen lieben, den man fürchtete? Nun ja. So wie den lieben Gott. Den sollte man ja auch fürchten und lieben.

Verglichen mit dem stählernen Rittmeister Sanft, war aber Ludwig der Sanfte. Wo der Rittmeister, wenn in Zivil, schnittige Zweireiher trug und mit Manschettenknöpfen blitzte, trug Ludwig ethnische Hemden aus Rumänien. Wo der Rittmeister einen Dobermann hatte, hatte Ludwig den Poupoul, einen Pudel von normaler Größe. Wo Ludwig mit schon steif werdenden Fingern Chopin spielte, ging der Rittmeister lieber in die Fledermaus. Also war der Rittmeister gar nicht Frau Dahls Typ gewesen.

Ludwig hatte Griechisch und Lateinisch gelesen. Heutzutage las ja überhaupt kaum noch jemand, von Griechisch ganz zu schweigen. Vielleicht las Ulrike mal was Herzerwärmendes, und Doro hatte eine Zeitlang jedes

Buch in Reichweite verschlungen, aber jetzt verschanzte sie sich in ihrem Zimmer und hörte bei höchster Lautstärke elektronisiertes Gebrüll. Man konnte es bis in Frau Dahls Schlafzimmer hören. Es klang, als würde jemandem bei lebendigem Leibe die Haut abgezogen. Auf einer Stippvisite hatte Felizitas, auf weißhaarige Madonna gescheitelt, bemerkt, es sei eben einfacher, den vorhandenen materiellen Wohlstand zu genießen, als den geistigen erst aufzubauen. Doro, für die das gemeint war, hatte gefaucht: Völlig unterbelichtet. Aber Frau Dahl hatte sie trotzdem alle lieb. Es waren alles gute Menschen.

Warum kamen ihr nur dauernd die Tränen? Beim kleinsten Anlaß, bei keinem Anlaß. Im Dunkeln konnte sie das Taschentuch nicht finden, das ihr die Placka immer unter das Kopfkissen steckte. Moment. Da war es, sie hatte es, das mit dem Häkelrand, der von Weiß in Rosa und wieder zurück überging. Es hatte einen Knoten. Warum hatte es einen Knoten? Woran sollte der Knoten Frau Dahl erinnern? In allen Taschentüchern fand sie diese geknoteten Gedächtnisstützen, die ihr dann doch nicht weiterhalfen. In jeder Manteltasche, in jeder Handtasche, in jeder Kleidertasche fand sie Taschentücher mit Knoten. Hätte sie wenigstens eine Katze. So ein Tier konnte einem den Trübsinn verscheuchen. Sie war jetzt dicht am Weinen. Vierzehn Jahre lang hatte sie den Kater Filou gehabt, der dann an Krebs gestorben war. Er wurde knochendünn, erbrach Blutiges und litt an blutigem Durchfall. Auf Fransenteppichen und im Wäscheschrank. Es war, als löse er sich nach und nach auf. Als ob er das selber wisse, verweigerte er, als es dem Ende zuging, das Fressen, sogar von Ölsardinen wandte er wie um Entschuldigung bittend den Kopf ab. Bis dahin hatte er noch dünn gemaunzt, dann verlor er die Stimme und wurde stumm.

Zehn Tage lang hauste er lautlos auf reisigdürren Beinen unter dem Sofa. Schließlich fiel er in ein Koma, aus dem er zweimal aufwimmerte. Frühmorgens an seinem Todestag war er bei Bewußtsein und hatte, von Frau Dahl gestützt, mit verblichener Zunge Unmengen Wasser aus einer Tasse geleckt, bis ihm mit einem bestürzend menschlichen Seufzer der Kopf zur Seite sank und er wieder ins Koma fiel. Im Laufe des Tages verzog sich sein Schnütchen langsam zu einer Grimasse. Im Verenden jagten die Beine wild auf der Stelle, weit aufgerissen die Augen mit den vergrößerten Pupillen, aufklaffend auch das Maul, dessen schwarze Lippen sich zurückzogen, bis sie das ganze, spitze Gebiß entblößten. Frau Dahl stieß jetzt laute Schluchzer in ihr Taschentuch. Die kleine, zuletzt ganz graue Zunge, die vorher so rosa gewesen war! Die ihr oft freundschaftlich die Hand geleckt hatte. Ludwig hatte den Kater sofort im Garten begraben. Was, wenn der noch gar nicht ganz tot gewesen war?

Im Tropfen des Wasserhahns in der Küche hörte Frau Dahl, wie die Zeit verrann. Nebenan Scharren von Stühlen, Abschiedsworte, Ulrikes helle Stimme: Also bis Mittwoch dann, gell? Morgen früh würde sie bei Frau Dahl die Sofakissen aufklopfen und Umschau halten, was im Laufe des vergangenen Tages alles schmutzig, beschmiert, klebrig geworden war. Frau Dahl fühlte sich dann immer wie ein zusätzliches Möbelstück, des Abstaubens bedürftig. Beim Anziehen würde der eine Strumpf nicht aufzutreiben sein. Auf der Toilette würde wieder alles schwimmen. Aber erst stand ihr die Nacht bevor. Schlafen Sie gut, Tante Dahl. Die goldenen Lichter im Spiegel waren erloschen. Frau Dahl war kalt. Es kam ihr vor, als fiele in ihrem Schlafzimmer Schnee.

Wir müssen endlich darüber reden, Benno. Dr. Haupt spricht von Entgleisungen des autonomen Nervensystems, Rudi tippt auf die Alzheimer Krankheit, Dr. Papendick hält kleine Gehirnschläge für wahrscheinlich, so oder so, ich schaff' das nicht mehr. Das kannst du nicht länger von mir verlangen. Ich hab' ja die ganze Zeit den Mund gehalten, oder? Aber mal muß Schluß sein. Ich kann nicht mehr, und ich will auch nicht mehr. Es geht über meine Kräfte. Deine Mutter oder ich! Jeden Tag dasselbe Theater, nur daß es jeden Tag schlimmer wird. Im Sommer konnt' ich ja ihre durchnäßte Matratze noch zum Trocknen in den Garten schleppen, jetzt wo's regnet, darf ich sie trockenfönen. Da nützt keine Gummiunterlage und keine Windel, sie zerrt und zupft so lange daran herum, bis sie alles runter hat. Am Morgen liegen dann die Fetzen ums Bett. Dabei kann sie noch ganz schön, unsere liebe Omi, eine Zunge hat die manchmal, da reißt's dich vom Hocker, ehrlich. So ganz von oben herab, die große Dame. Sprechen tut sie dann mit mir, als ob ich hier das Dienstmädchen bin, sogar siezen tut sie mich manchmal: Würden Sie bitte im Wohnzimmer Staub wischen, da hat es vom Garten reingeweht. Oder: Würden Sie so freundlich sein und mir ein Bad einlassen? Wenn dann das Bad eingelassen ist, will sie sich nicht ausziehen lassen, sie hätte doch um kein Bad gebeten, und es gibt eine Riesenszene, bis wir sie in die Wanne bekommen, Frau Placka und ich. Hinterher kann man dann überhaupt nichts mit ihr anstellen, da ist sie störrisch wie ein Maultier und bietet Paroli bei jeder Kleinigkeit. Wenn sie sich selbst anzieht, kommt der Unterrock über das Kleid, die Bluse knöpft sie falsch zu, sie läßt sich halt lieber bedienen. Gestern war ihr Gebiß weg, stundenlang haben wir, Doro und ich, gesucht, rate mal, wo es dann war! Im Blumentopf! In der Gerbera im Flurfenster. Ich bin bloß froh, daß jetzt das Tor zur Straße abgeschlossen bleibt, früher lief sie ja dauernd weg und klingelte bei Herrn Studienrat Kronmaier, furchtbar peinlich war mir das immer, aber was kannst du machen, sie ist halt ein Pflegefall. Wenn ich nicht Frau Placka hätte! Aber die wird schließlich auch nicht jünger, und sie arbeitet ja auch noch bei Prauses. Wer, meinst du wohl, wischt denn auf, wenn deiner Mutter wieder mal was passiert ist? Manchmal setzt es ja bei ihr völlig aus. Dr. Haupt sagt, da darf ich mich nicht wundern, da verschwindet das Schamgefühl, der Sinn für Ästhetik, er sagt, er erlebt das zur Genüge, das kann dann bis zur Spielerei mit den Fäkalien gehen. Aber wenn sie's dann fein säuberlich in ihr Taschentuch wickelt und auf den Küchentisch legt, frag' ich mich, ob sie's nicht absichtlich tut. Zuzutraun wär's ihr, sie war ja von Anfang an gegen mich. Ich war ihr ja nie gut genug für dich. Schon als wir den Anbau noch nicht hatten und sie noch bei uns wohnte, hab' ich das gefühlt, um nicht zu sagen, zu fühlen bekommen. Immerzu machte sie hilfreiche Bemerkungen, wie alles besser gemacht werden könnte, ich war eben nicht so gebildet wie Armtraut Kronmaier, mein Vater war nur der Alois Schindl aus Regensburg, und ich habe nur die mittlere Reife. Dein lieber Onkel Goswin, nachdem er sich auf unserer Hochzeit erst mal hat vollaufen lassen, hat ja ganz laut zu Irma gesagt, er hätte erwartet, daß du wen

Besseres fändest. Ja doch, hat er gesagt, sag' ich dir. Damals, als deine Mutter noch bei uns wohnte, da hat das schon alles angefangen, da brauchte ich sie nur in der Diele zu hören, und ich hätte am liebsten die Kurve gekratzt. Natürlich hat sie immer in den süßesten Tönen geredet, Ulrikekindchen und so, und um die Kinder hat sie sich fast umgebracht, da bin ich die erste, die das anerkennt, für die Kinder tat sie alles. Trotzdem wär' ihr lieber gewesen, du hättest Armtraut geheiratet, auch wenn die viel älter ist als du. Armtraut, die ist doch wer, die ist die Tochter von Herrn Studienrat Kronmaier. Aber damals war sie wenigstens nicht senil, deine Mutter. Damals versorgte sie sich selbst, und sie ging auch mal auf Reisen. Da hab' ich dann jedesmal aufgeatmet. Hier im Haus war sie ja dauernd hinter mir her: Lieberchen, die Platycerium muß gegossen werden, die hat's gern feucht, Guterchen, die Zuckerdose ist leer, soll ich nachfüllen? Und so weiter. Sie hat ja hier früher mit Opa Dahl und dir gewohnt, ihr habt das Haus gebaut, und daß ich jetzt den Haushalt führte, ging einfach nicht in ihren Kopf. Kann man ja auch verstehen. Muß ja Probleme bringen. Als sie dann nach nebenan gezogen war, war sie selbst froh und nannte es eine gute Lösung, viel mehr Platz hatte sie dort als hier bei uns, und die Einrichtung ist doch prima, da ist doch an nichts gespart worden, schon der schöne Turkmenteppich mit dem Tiermotiv. Aber jetzt? Kaum verschnaufe ich einen Augenblick im Liegestuhl, schon steht sie da und will Tulpenzwiebeln stecken. Dabei kann sie eh kaum noch gehen. Seit du die Stufen zu uns runter mit Draht versperrt hast, ist es besser geworden, aber gestern ist sie doch tatsächlich wieder unten durchgekrochen, die ganze Bluse hat sie sich dabei zerrissen, die neue blaue, wie eine alte Katze ist sie, überall kommt sie durch, wenn nötig auf allen vieren. Dabei sind die Stufen ja gefährlich! Wenn sie da stürzt, bricht sie sich garantiert was. Und dann immer ihr Gerede von ihren Heldentaten: Ich bin gut zu Pferde! hat sie mir gestern erzählt. Ich kann schon nicht mal mehr darüber lachen. Nein, Benno, nein. Dr. Haupt sagt, daß in solchen Fällen der Streß oft zuviel für die Angehörigen wird, die Angehörigen, sagt er, tragen die Hauptlast mit der Versorgung um die Uhr, und das kann sie an den Rand der Erschöpfung treiben. Direkt gefährlich kann das werden, hat er gesagt, bitte, du kannst ihn ja selbst fragen. Kein Wunder, wenn ich sie manchmal anfahre, deine Mutter. Tut mir dann ja hinterher immer selber leid, aber ich kann einfach nicht mehr. Immer hab' ich versucht, alles recht zu machen, Haus, Garten, Kochen und alles, schließlich hatt' ich ja auch noch die Kinder. Dafür mäkeln jetzt alle an mir rum. Undank ist der Welt Lohn. Tante Lizzi hackt auf mich ein, ihre Schwester, sagt sie, hat Zirkulationsstörungen und braucht mehr Bewegung. Vera betet mir Einfühlungsvermögen vor, und sogar Onkel Goswin tönt was von »mehr Antenne«, was immer das heißen soll. Und dann hauen sie alle ab, rufen vielleicht mal an, und ich bleib' sitzen mit der Plackerei wie mit 'nem Mühlstein um'n Hals. Es gibt Pflegeheime, gute sogar. Benno, du mußt dich entscheiden. Ich mach' so nicht mehr mit. Deine Mutter oder ich.

D<small>IE GANZE ZEIT</small> schon hat Frau Dahl Ulrikes Stimme beim Frühstück nebenan auf der Terrasse gehört. Irgend etwas mußte los sein. Verstehen konnte sie trotz des offenen Fensters nichts, weil Frau Placka staubsaugte. Benno sah bedrückt aus. Das bedrückte auch Frau Dahl. In dem windgeschützten, L-förmigen Winkel zwischen Haus und Anbau saß man auch im Spätherbst wie in einer Laube im Frühling, da sollte Benno beim Kaffee heiter sein. Statt dessen kaute er an seinem Brillenbügel und starrte vor sich hin.

Schon wieder Morgensonne auf dem Frisiertisch. Die Zeit ging weiter, sie kümmerte sich um niemanden, die Uhr tickte unbekümmert, die Kirchturmuhr schlug, komme was wolle, nur die Uhr von Frau Dahl war stehengeblieben. Vom Alter konnte sich die Jugend keinen Begriff machen. Die hatten keine Ahnung von den Überraschungen, die ihr Körper für sie auf Lager hatte. Eben noch bist du leichtfüßig durch die Tage gegangen, hast unverfroren deine Meinung zum Stand der Dinge geäußert und hast geglaubt, das ginge immer so weiter. Pustekuchen! Die ersten Warnsignale hast du, zunächst bestürzt, weggelächelt: Bin ich doch tatsächlich auf der Treppe zu Irma Bulgereits Wohnung im dritten Stock so außer Atem gekommen, daß ich mich auf die Stufen setzen mußte! Hab' ich doch tatsächlich, als ich dann endlich bei Irma klingelte, vergessen, warum ich gekommen war! Bis man dann eines Morgens den Weg zum Postamt nicht mehr finden konnte. Unpäßlichkeiten, von denen man nie gehört hatte, stellten sich ein. Refluxoesophagitis, Carpal-Tunnel, die Raynaud-Krankheit, die Traute bekam, wenn sich Hände, Füße und Nase wie in kalten Marmor verwandeln. Krumme Gewächse sprießen einem aus der Haut, wildgewordene Leberflecke, sie selbst hatte so ein juckendes Ding im Nacken. Fortan war man zu nichts mehr nütze. Da konnte man von Glück reden, daß man kein Eskimo war, von der Verwandtschaft als nutzlose Bürde ins Schneetreiben verstoßen. Eigentlich ging es Frau Dahl sehr gut. Sie wurde betreut, man umsorgte sie. Jetzt kam sie sich direkt undankbar vor.

Weil sie sich heute morgen so schlapp fühlte, hatte Frau Placka unbeugsam darauf bestanden: Sie bleiben im Bett, Tante Dahl. Kissen im Rücken, Blick durch die offene Tür ins Wohnzimmer, wo sie, die Placka, den Staubsauger handhabte, mal schob sie ihn gebieterisch vor sich her, mal hetzte sie ihn, gebückt, in tiefe Winkel wie einen Dackel in den Hasenbau. Sogar im puppig kleinen Eßzimmer, das gar nicht mehr benutzt wurde, wirkte die Placka. Es wurde Besuch erwartet.

Wenn Frau Dahl nur herauskriegen könnte, bei wem sie hier wohnte. Sie konnte doch nicht ständig die Gastfreundschaft von ihr völlig unbekannten Personen in Anspruch nehmen. Das Haus nebenan, das Hauptgebäude, Ludwig ließ es bauen, nachdem er im Wirtschaftswunder wieder zu Geld gekommen war, und ein Wunder war es gewesen, wenn man so bedenkt. Was hatte er denn aus dem Krieg mitgebracht: eine Tasche voll schmutziger Unterwäsche und fünf lose Brillanten, aber nur kleine. Erst hatten sie in zwei Zimmern gewohnt, von denen das eine kein Fenster hatte. In der Beowulfstraße, nur konnte Frau Dahl sich nicht entsinnen, in welcher Stadt. Das Plumpsklo war für die ganze Etage. Da war immer besetzt. Ludwig fing mit einer Reparaturstelle für Fahrradreifen in einem Keller an. Ein Fahrrad, das war damals das höchste der Gefühle, also hatte er einigermaßen zu tun gehabt. Noch heute hörte Frau Dahl sein Holzbein, wenn er nach der Arbeit die vier Treppen zu ihren zwei Zimmern hochpolterte, erst schrumm-bumm, dann klapp-plopp, wenn er den Stock auf die nächste Stufe aufsetzte. Das zweimal täglich hinauf und zweimal täglich hinunter, schrumm-bumm, klapp-plopp, morgens noch eilig, abends dann stockend. Nach der Währungsreform ging es dann ziemlich schnell aufwärts. Da war doch dieser fabelhafte

Mann, wie – richtig, Adenauer, an die Regierung gekommen. Vera sagte später, der hätte verdorben, was hätte werden können, aber Verachen war manchmal ein bißchen überspannt.

Den Grundriß für das ockerfarbene Haus nebenan hatte Frau Dahl selbst mit ihrem Stiefelabsatz in die feuchte Erde gerissen: Da sollte es stehen, genau so. Wie glücklich sie gewesen war. Sie interessierte sich für Dachsparren, für Stützbalken, für die Dachstuhlsäule. Früh am Morgen traten diese Erinnerungen deutlich aus dem Nebel ihrer Lebensgeschichte, in den sie am Nachmittag wieder verschwanden. Als die bunten Bänder des Richtkranzes auf dem Dachgestühl im Winde flatterten und die Bauarbeiter sich über das Bier hermachten, war sie so glücklich gewesen, sie hatte geweint. Nach den möblierten Zimmern zur Untermiete der Krisenjahre, den Luftschutzbunkern der Kriegsjahre, den Kellerhöhlen der Nachkriegsjahre ihr eigenes Haus. Ludwig ließ die Fensterläden taubenblau streichen. Alle hier hätten die Fensterläden grün oder schwarz, also wollte er sie taubenblau haben. Die Treppengeländer waren hier alle weiß, also ließ er sie rostrot streichen, mit hellgrauen Sprossen. Er hatte Farbensinn. Auch die Kinder waren stolz auf das Haus. Vera kam oft zu Besuch. Es war eine gute Zeit gewesen. Wenn Ludwig und Benno abends aus der Vulkanisieranstalt an der Straubinger Landstraße nach Hause kamen, rochen sie nach heißem Gummi. Der Betrieb machte Runderneuerungen an den mühlsteinschweren Reifen der großen Laster. Damals gab es hier noch Wiesen, auf denen Pechnelke, Kornrade, Sauerampfer und Wiesenschaumkraut blühten, jetzt war das ja alles besiedelt. In den letzten Jahren war Frau Dahl auf dem Weg in die Stadt an von jedem Unkraut gereinigten Gärten und

Einfamilienhäusern mit Doppelgarage vorbeigekommen. Bei Tengelmann hatten sie die alten Kastanien abgeschlagen. Wo früher Maiglöckchen wilderten, kündete Asphalt den industriellen Fortschritt. In den Schaufensterscheiben des Supermarktes spiegelte sich der volle Parkplatz, da konnte man früher an einem Springbrunnen Kaffee trinken und hausgemachte Kirschtörtchen essen. Es wurde alles verschandelt und kaputtgemacht, alles, und zwar rücksichtslos. Weil, wie Vera behauptete, alles nur um den Profit ging, *and to hell with ecology*. Was keinen Profit brächte, könnte nicht bestehen, ganz piepe, was es sei, laut Vera. Das Kino, das immer nur schlechte Filme spielte, bestünde, weil schlechte Filme gefragt wären, gute kaum. Für Rambo strömten sie zusammen. Wer Rambo sei, hatte Frau Dahl gerätselt. Aber jetzt durfte sie nicht mehr auf die Straße, wo sie sich, wie behauptet wurde, verliefe. Lachhaft. Sie kannte sich hier doch wohl noch aus. Angeblich sollte sie im Warenhaus Stumpf in der Kurzwarenabteilung glatt umgekippt sein: Ein kleiner Schlag, hatte Ulrike gesagt, Schlagseite war's diesmal nicht. Lächerlich.

Frau Placka hatte den Staubsauger abgestellt. Sie betrat das Schlafzimmer und rief mit einem Blick auf Frau Dahls Frühstückstablett: Aber da hamse ja wieder nichts jejessen! Wo Sie doch schon bloß Haut und Knochen sind. Und empfahl Weißwurst, frisch vom Schlachter: Was soll denn Frau Vera sagen, so wie Sie aussehn, so fieselig.

Vera kam? Warum hatte ihr niemand Bescheid gesagt? Frau Placka setzte sich auf ihren Stammplatz, den gefransten Sessel. Es ginge Frau Dahl wie ihrem Ollen, sagte sie. Der säße den ganzen Tag auf dem Sofa und stiere vor sich hin. Dabei klopfe er unentwegt mit dem

Krückstock auf den Fußboden, zum Verrücktwerden sei das, von morgens bis abends, pau-sen-los. Jetzt habe die Placka ihm den Stock weggenommen, aber nun klopfe er mit dem Stiefelabsatz weiter: Ich werd' noch selbst närrisch.

Frau Placka ging zu einem Bericht über ihre Blutfette, die bei 320 standen, über. Keine Butter, kein Schmalz, nicht mal Bratkartoffeln. Frau Dahl schlief noch mal ein.

Ihr träumte vom Tod ihres Vaters, der beim Schlittschuhlaufen auf dem Frischen Haff eingebrochen war und wie mit gefrorener Dünnmilch glasiert aussah, als sie ihn, ertrunken, nach Hause brachten. Irgend jemand hatte ihr seine aufgefischte Pelzmütze in die Hand gedrückt. Wie ein nasses, totes Tier hatte die sich angefühlt. Träumend kam die verlorene Vergangenheit zurück, erschienen die Gesichter der Toten. Ludwigs Schwester Sanna, die im Dresdener Feuersturm verbrannte, schob sich die auf ihrem breiten Nasenrücken schlechtsitzende Brille hoch. Frau Dahls Mutter war, als die Russen kamen, im Keller ihres Hauses gestorben. Einfach so. Ohne besonderen physischen Anlaß. Die Brände ringsum, die besoffenen Russen, das Parkett im Wohnzimmer für Brennholz aufgerissen, der liebe Herr Dr. Haas von nebenan erschossen, seine nette Frau im Gemüsegarten von Panzern plattgewalzt, da hatte sie nicht mehr mitgemacht. Im Halbschlaf kamen Frau Dahl die Erinnerungen, die ihr sich, wach, so hartnäckig entzogen. Ihre Cousine Margarethe, Rektorin des Lyzeums in Danzig-Oliva, eine freundliche alte Jungfer, die von der Jugend in der Familie Tante Margarine genannt wurde, vergewaltigte die russische Soldateska eine Nacht lang im Kartoffelkeller. Am Morgen nahm sie mit letzter Kraft Zyankali. Frau Dahl stöhnte, hustete und griff in Richtung der Nachttischlampe tastend durch die Luft, dann war sie wieder im Halbdunkel ihrer Rückschau. So wie später in den Berliner Kellern hatte sich erst in den ostpreußischen Kellern Leben und Tod abgespielt. Vera war in einem Berliner Keller vergewaltigt worden, noch glimpflich, hieß es, weil nur zweimal. In einem ostpreußischen Keller hatte das Söphchen, die polnische Hausangestellte, ein gesundes Mädchen geboren. Irma Bulgereit, Frau Dahls Schulfreundin, hatte sich in einem ostpreußischen Keller einem nach Schnapsflaschen suchenden Russen an den Hals geworfen; nimm mich, ich liebe dich! hatte sie geschrien und sich so das Schicksal von Margarethe erspart. Irma war früher mal eine Schönheit gewesen, und die Verbindung mit dem russischen Leutnant hielt mehrere Jahre. Gerdchen nahm schon Zyankali, als die Russen noch vor Eydtkuhnen standen, oder war es vor Preußisch-Eylau? Woher hatten sie damals eigentlich alle das Zyankali? Wahrscheinlich von Herrn Dr. Haas. Frau Dahl hatte Glück gehabt. Auf der Flucht nach Berlin war sie mit Frostbeulen davongekommen. Dafür, daß sie in den Berliner Kellern nicht vergewaltigt worden war, gab es eine gängige Erklärung. Die Russen seien bekanntlich kinderlieb, und daß sie das Kind, Benno, bei sich hatte, sei ihre Rettung gewesen. Frau Dahl war auch ohne plausible Erklärung dankerfüllt. Blieb ihre Schwester Alma, die Großhanswalde geerbt hatte. Daß sie das Gut geschickt und rührig bewirtschaftet hatte, gaben auch ihre zu kurz gekommenen Schwestern edel zu. Alma schuftete, während Konrad, ihr Prinzgemahl, kreuzworträtsellösend die Füße hochbettete. Er wurde bei der Verteidigung Elbings erschossen, es war dann gemunkelt worden, von seinen eigenen Leuten; er war Oberst. Als das Gut in Flammen aufging, war

Alma mit der dreiundzwanzigjährigen Gudrun und dem sechzehnjährigen Maxchen westwärts geflohen. Es war berichtet worden, sie hätte noch das Nachthemd unter dem Mantel getragen. Das trug sie auch noch, als sie sich und ihre Kinder erschoß, weil die Russen schneller vorwärts kamen als sie. Es war auch möglich, daß Gudrun die Pistole ergriffen hatte, denn Gudrunchen war schon als Kind schnell ungeduldig geworden. Klargestellt konnte das nie werden. Noch kurz vor ihrem Tod hatte Frau Dahl Krach mit ihr darüber gehabt, wer der Porzellankaffeekanne – KPM, Königlich Preußisches Museum – die Tülle angeschlagen habe, und diese Kanne stand, repariert, heute noch bei Frau Dahl auf der Anrichte. In der Hoffnung, ihren Gedanken zu entfliehen, wälzte Frau Dahl sich auf die andere Seite. Das half aber nichts. Statt Gudrun tauchte jetzt Felizitas auf, die bis auf Eberhard in Amerika die einzige Überlebende aus der alten Garde der Nikolais und Dahls war. Ach, Lizzi. Schwesterherz. Ein Jahr älter als Frau Dahl und noch ganz auf Draht. Die wußte noch alles und wußte es besser. In der Gegenwart von Felizitas und ihrem süffisant grinsenden Goswin bekam Frau Dahl ihre schlimmsten Minderwertigkeitsgefühle. Bei Lizzi war alles gezielt, klipp und klar, nur wenn sie früher den deutschen Gruß zum Heitler verballhornte, war das unbeabsichtigt gewesen. Felizitas und Goswin waren beide erzkonservativ, wogegen sie selbst zur Mitte schwankte oder geschwankt war, als sie noch schwanken konnte. Als ihr Denkvermögen noch nicht auf der Stelle trat. Ach, sie wußte ja selbst, wie es war. Vera sagte, das seien die Gene. Also Glückssache, wie schließlich fast alles. Vor Frau Dahls innerem Auge stand Felizitas lebensgroß, die ostpreußischen Backenknochen gerötet, gutmütig, aber störrisch. Ihr einstmals semmelblondes, nun weißes Haar, in der Mitte gescheitelt, erhob Anspruch auf Madonnenhaftigkeit über dem runzligen Schulmeisterinnengesicht mit der prominenten Nase, die an einen Entenschnabel erinnerte. Sie litt an gnadenloser Belehrungsfreude. Das hatte Frau Dahl früher oft zur Weißglut gebracht. Sprach man zu Lizzi ganz vorsichtig, denn sie war leicht verletzt, und ohne Nachdruck, denn der erregte nur Widerstand, von etwas, das ihr neu war, wurde es mit nachsichtigem Lächeln verworfen. Und man wurde eines Besseren belehrt. Dabei war sie, wie im Poesiealbum, edel, hilfreich und gut, oder versuchte wenigstens, es zu sein. Frau Dahl verstand ihre eigene Mißgunst nicht. Endlich schlief sie ein.

Als sie aufwachte, saß statt der Placka Vera in dem gefransten Sessel. Wie eine Eule im Astloch saß sie zwischen den mit Plüsch bezogenen Ohren des Möbels und starrte sie mit starrem Eulenblick an. Schon als Kind hatte sie diese Angewohnheit, die Leute mit äußerster Aufmerksamkeit anzustarren. Das ist unhöflich, Lieberchen, das tut man nicht! Frau Dahl hatte ihr das oft, aber erfolglos gesagt. Hätte sie gewußt, daß Vera kommt, sie wäre natürlich aufgestanden und hätte sich angezogen. Das graue Seidenkleid, die Korallenkette. Vera lächelte nachsichtig. Sie sei doch schon seit gestern da, mit feuchten Augen hätten sie sich begrüßt und in den Armen gelegen, zusammen hätten sie Kaffee getrunken, drüben am Tisch, und sie wies ins Wohnzimmer, wo auf dem Klavier ein frischer Strauß Rosen stand, langstielige gelbe: Hab' ich dir mitgebracht. Tränen, Kaffee, Rosen – Frau Dahl erschrak. In ihrem Gedächtnis war ein in diesem Ausmaß noch nie dagewesenes Loch, das sie mit einem schlecht gelungenen Lachen zu tarnen versuchte. Dabei quälte sie der Verdacht, daß sie ähnliches, schon früher vorgefallenes Versagen ebenfalls vergessen haben könnte. Was sollten die anderen von ihr denken? Nahm man sie überhaupt noch für voll? Hielt man sie schon für unzurechnungsfähig? Omi spurt nicht mehr, in verschiedenen Tonarten geäußert? Omi hat nicht mehr alle Tassen im Schrank, gesprochen zwischen Anteilnahme, Scherz und Ärger? Könnte sie nur mit jemandem darüber reden. Doch, mit Irma. Aber hatte nicht jemand gesagt, Irma sei tot? Das war doch gar nicht möglich. Sie hatte doch gerade gestern mit Irma drüben im Wohnzimmer Kaffee getrunken. Irma hatte ihr einen Strauß Rosen mitgebracht, gelbe, langstielige, weil sie die beide so gern mochten.

Vera hatte den Kleiderschrank geöffnet und wühlte darin herum. Sie war viel älter, als Frau Dahl erwartet hatte, nicht mehr die Circe, die mit ihrem Komm-her-zu-mir-Blick die Männer wild gemacht hatte. Übermut und Herausforderung waren aus ihrem Gesicht verschwunden. Eine ältere, gut erhaltene, etwas undurchsichtige Dame hielt ihr in einer Atmosphäre fröhlichen Aufbruchs die schwarzen Straßenschuhe entgegen, gleich würde irgend etwas steigen, die Koffer standen gepackt für die Karibik: Wir gehen spazieren! Wann war Frau Dahl zuletzt spazierengegangen? Vor Ewigkeiten. Anziehen ließ sie sich wie ein Kind, was blieb ihr übrig. Die Rollen hatten sich vertauscht. Allein wäre sie nie so glatt, wie Vera das jonglierte, vom Nachthemd in ihr graues Kostüm gekommen. Doch in den festen Straßenschuh wollte ihr Fuß, an dehnbare Pantoffeln gewöhnt, nicht passen. Dann eben ohne die dicken Wollsocken, wozu überhaupt Wollsocken an einem für Ende Oktober so ungewöhnlich warmen Tag. Heikel waren die drei Stufen von der Haustür hinab zu den von Veilchen verkrauteten Steinplatten, die zu dem Gittertor führten, das jetzt immer verschlossen war. Dahinter lag die Straße. Neben dem Tor rechts die Mülltonne, links der Briefkasten, beide leer. Hier wohnte niemand.

Woher Vera den Schlüssel für das Tor hatte, könnte Frau Dahl nicht sagen. Jedenfalls kam sie, auf den Arm der Tochter und auf ihren Stock gestützt, nach draußen. Immerhin war sie noch besser beisammen als Irma, die sich nur noch einen Gehwagen schiebend vorwärts bewegen konnte, seit sie hingeschlagen war, sich die Hüfte gebrochen und das Nasenbein zersplittert hatte. Am Himmel Wolken wie Wattebäuschchen. Diese Luft, diese Weite! Also Vera, Goldkind, da kann ich dir gar nicht genug danken. Das ist doch was anderes, als im Garten im Korbsessel zu sitzen. Herbstliche Farben, etwas diesig, und die ganze Straße lang waschen die Leute ihre Autos. Überall schäumte und plätscherte es, und die Autos saßen ergeben wie Emil, wenn er mit dem Gartenschlauch abgespritzt wurde. Genau wie in Amerika, sagte Vera. Deutschland wird Amerika immer ähnlicher. Vera und Nat waren vor kurzem von Spanien nach New York gezogen. Oder möglicherweise von New York nach Portugal.

Die Straße ging abwärts, vorbei an spitzenverhangenen Fenstern. Alles brave Katholiken, sagte Vera, und trotzdem putzen sie am Sonntag. Erst Kirche, dann Autoputzen. Am Sonntag. Vera mal wieder auf dem Kriegspfad. PA! PA! PA-PAU! schrien auch die Nummernschilder der Autos kriegerisch. Stand das nicht für Passau und Umkreis? Aber Vera war noch immer mit den Katholiken beschäftigt. Demonstrativ fuchtelte sie mit der freien Hand, mit der anderen stützte sie Frau Dahl. Möglich, die menschlichen Schwächen seien besser in der goldverbrämten Scheinheiligkeit der katholischen Kirche aufgehoben als im evangelischen Gehorsam mit seiner Abscheu vor allem Körperlichen. Aber raffgierig natürlich beide Institutionen. Vera ließ Frau Dahls Arm los und schrie: Welchem Zweck dient denn die Caritas? Sie nimmt dem Staat die Verantwortung ab, damit der mehr Geld für Bomben hat. Und wächst dabei zum Geschäft. Alles beschissen. Frau Dahl, plötzlich ohne Stütze, kam ins Wanken. Sie konnte Veras Worten nicht ganz folgen. Hinter einem Zaun regte sich ein Hund auf.

Am Ende der Asphaltstraße bogen sie in einen gefurchten Feldweg ein, der zum Wald führte. Im wuchernden Dickicht entdeckte Frau Dahl einen roten, gesprenkelten Fingerhut, der sich wohl in der Jahreszeit getäuscht hatte. Wer wollte da noch Gladiolen in Zellophanpapier aus dem Laden? Vera lachte. Des schönen Wetters wegen trug sie offene Sandalen an bloßen, von falschem Schuhwerk verbogenen Füßen. Beide Fußballen quetschten sich sichtbar durch die Lederstreifen. Schade, als Kind hatte sie so schöne Füße gehabt, lang und schmal, der Mittelzeh länger als der große, griechisches Ideal. Übrigens typisch Vera, jetzt noch mit nackten Füßen herumzulaufen. So warm war es nun auch wieder nicht. Ob Protestanten oder Katholiken, war Frau Dahl egal. Abwarten, bis es soweit war. Einen höheren Sinn hatte sie im mordenden Getümmel der Welt nie entdecken können. Trotzdem hoffte sie ganz im stillen auf irgend etwas. Bei Ludwig war das deutlicher geworden. Der hatte sich, ein Jahr bevor er starb, ein Marienbild über das Bett gehängt, einen Fra Angelico. Ein schönes Bild, aber nachdem er sein Leben lang erst atheistische und dann agnostische Reden (ich weiß, daß ich nichts weiß) geführt hatte, doch erstaunlich. Der Fra Angelico als Krückstock. Aber wenn man so qualvoll starb wie Ludwig, erst in den unpersönlichen deutschen Krankenhäusern, dann aufgegeben zu Hause, dann wieder erfaßt, diesmal von den verlotterten Krankenhäusern New Yorks, und dann dort, erneut aufgegeben, in Eberhards Wohnung, war das kein Wunder. Da brauchte man einen Krückstock. Der liebe Gott verstand sich auf Erpressung. Übrigens wurde Ludwig auf seinen ausdrücklichen Wunsch hin mit seinem irdischen Krückstock eingeäschert, jenem gelben Stock, auf den er sich die letzten Jahrzehnte seines Lebens bei jedem Schritt schwer hatte stützen müssen. Als er dann tot war und sie ihn auf das Gästebett gelegt hatten, weil das Krankenhausbett nur gemietet war und der Kosten wegen abgeholt werden sollte, hatte sie ihm den Krückstock in die Hände gelegt, dazu einen Strauß Margeriten aus dem Blumengeschäft Ecke Madison, aber der Leichenbeschauer, der verspätet kam und nach Fusel stank, hatte alles wieder weggerissen, um besser an den Toten heranzukommen.

Frau Dahl war so außer Atem gekommen, daß sie sich auf einen Stein setzen mußte. Hart auf hart. Liebe Vera, es geht schon, keine Sorge. Wie schön es nach Wald roch. Am Fuß einer Anhöhe lag das Städtchen schmuck in der Sonne. Man konnte das rote Backsteingebäude der Kurlichtspiele erkennen, gegenüber die Kirche mit dem spitzen, beigen Turm. In alle Richtungen breiteten sich Neubauten aus, Einzelhäuser, Wohnblöcke, auch ein niedriges, langgestrecktes Fabrikgebäude, doch das Flußtal hatte seine unerschütterliche Lieblichkeit nicht verloren. Graugrün floß der breite Strom dahin, lässig Inseln umgehend und Halbinseln ausweichend. Wo das Schilf hoch stand, brüteten Schwäne. Im Frühling hatte Frau Dahl dort Weidenkätzchen gepflückt.

Aber nun wurde Vera ungeduldig, denn wie alle anderen hatte auch sie noch was anderes zu tun. Mühsam, wieder hochzukommen. Plötzlich waren Frau Dahls Beine so kraftlos, als trügen sie Zementsäcke. Uff, sie stand auf, von der ihr erneut unvertrauten Tochter in die Höhe gewuchtet. Aber zurück ging es nun bergauf. Frau Dahl wußte nicht, ob sie das schaffen würde. Sie könnte jetzt ein Pyramidon gegen die Kopfschmerzen gebrauchen. Oder einen kräftigen Roten. Ihr Nachmittagsschlaf war fällig.

Vera erzählte von einer gewissen Silke, die einen einjährigen Sohn hatte, sich jetzt aber scheiden ließ von ihrem Mann, der nicht der Vater des Kindes war. Etwas mühsam, zu folgen. Der Vater, der nicht der Vater war, würde gern mit dieser Silke verheiratet bleiben, obwohl sein Sohn außerehelich von einem anderen war, der seinerseits Vater war von einer Tochter. Ihn wollte Silke nach beiderseitiger Scheidung dann heiraten. Wer denn diese Silke sei, quetschte Frau Dahl heraus, ob sie sie kenne, und bekam zu hören, natürlich. Die sei doch ihre Enkeltochter. Frau Dahl sei doch vor einem Jahr uneheliche Urgroßmutter geworden. Frau Dahl wurde das alles ein bißchen zuviel des Guten. Diese postmodernen Geschlechtsbeziehungen blieben ihr ein Rätsel. Lieber achtete sie auf die herbstlichen Gärten, die Buchen noch rostrot, aber der Ahorn verlor schon die Blätter. Jemand hatte einen Vogelbauer, der an einem Ständer hing, vor die Tür gestellt. Der Wellensittich schwatzte, keifte, tuschelte mit sich selbst, nimmermüde, grün wie Brausepulverlimonade, auf der Brust blasser. Die Flügel waren mit einem schuppenartigen, dunklen Muster bedeckt, das an die Haut von Schlangen erinnerte, mit denen die Vögel ihre Herkunft teilten. Verglich man den Kopf einer

Schlange mit dem eines spitzschnabeligen Vogels, so erkannte man die Verwandtschaft. Bei Papageienarten weniger. Die hohe Bordkante hatte Frau Dahl nicht bemerkt. Sie mußte gestolpert sein, denn plötzlich blickte sie geradewegs in den Himmel. Immer noch Wattebäuschchen im etwas diesigen Blau. Ihr Stock lag weiter entfernt auf dem Fahrdamm. Vera war außer sich, aber als sich Frau Dahl aus ihrer Rückenlage aufrichtete, war alles in Ordnung. Vom Haus kam Frau Placka im Laufschritt: Also nee, Tante Dahl, Sie machen auch Sachen. Frau Dahl versuchte zu widersprechen. Kinder, macht doch hier keinen Zirkusakt, weil ich die Bordkante übersehen habe! Es ist ja nichts passiert. Aber die Sache war ihr doch peinlich. Wenn Ulrike das hörte, würde sie den Kopf schütteln und sagen, ich hab's ja gesagt, Spazierengehen mit ihr ist vorbei, die Verantwortung darf man halt gar nicht mehr übernehmen, da kippt sie dir glatt weg und verletzt sich womöglich noch ernsthaft, ein Oberschenkelhalsbruch in dem Alter ist der Anfang vom Ende, das war doch wieder so ein kleiner Schlag. Was der reinste Unsinn war. Es war kein Schlag, es war die Bordkante!

Als Frau Dahl wieder auf den Füßen stand, von Vera und Frau Placka abgeklopft, fühlte sie sich ganz normal. Nur das Knie schmerzte etwas, aber davon sagte sie lieber nichts. Durch ein schmiedeeisernes Tor, vorbei an einer Mülltonne in einem Zementfach und über einen von Veilchen verkrauteten Gartenweg, kamen sie zu dem Anbau an einem safrangelben Haus. Auf der Glasscheibe der Eingangstür hatten sich Eisblumen gebildet, merkwürdig, wie kamen die dahin, es fror doch noch gar nicht. Aber Vera, hier bin ich doch noch nie gewesen, hier bin ich doch nicht zu Hause. Dieses Vestibül mit den

Topfpflanzen, dieses Wohnzimmer mit der Efeutapete, was soll ich hier?

Es wurde darauf bestanden, daß sie zu Bett ginge, obwohl dazu nicht der geringste Anlaß bestand. Die Placka zog ihr die Decke bis über das Kinn wie bei einer Toten. Auch das Schlafzimmer war Frau Dahl unbekannt. Am Fenster nie gesehene Spitzengardinen, und dann dieser seltsame, verschnörkelte Kleiderschrank mit dem ovalen Spiegel. Sie mußte doch nach Hause. Ob sie den Abendzug noch erreichen konnte? Zu Hause sorgte man sich doch um sie. Lassen Sie mich doch aufstehen, Frau Placka! Liebe Frau Plackchen, ich muß doch hier weg.

Nun sei'n Se doch vernünftig, Tante Dahl, sagte die Placka, und Vera kam mit einem Glas Wasser und einer Pille.

Die Zeit schnellte zusammen wie ein Metermaß. Frau Dahl mußte wohl eingeschlafen sein, jedenfalls wachte sie in ihrem Bett auf. Die Placka saß neben ihr im gefransten Sessel und kritisierte: Sehn Se, Tante Dahl, da kommt dann so was bei raus. Waldspaziergänge! Schwarzer Kaffee zu Eierlikör! Ihr Kropf, der ihr wie ein Proviantsäckchen aus straffer Haut am gefurchten Hals hing, schlackerte beim Kopfschütteln mit. Seit Jahren wollte sie sich das Ding wegoperieren lassen, gab aber an, sie habe dazu keine Zeit. Also! Frau Vera in Ehren, aber auftreten täte die hier, als sei sie die heilige Sonstnochwer, die Frau Dahl aus der Vernachlässigung retten müsse. Aber wer mache die tägliche Kleinarbeit? Die mache die junge Frau Dahl. Die mache Herr Benno. Da ließe in aller Bescheidenheit die olle Placka grüßen. Frau Placka unterdrückte würdevoll ein Aufstoßen. Also ich jeh' dann, sagte sie noch und ging.

Das Zimmer lag im Dämmerlicht. Aufrecht im Bett sitzend, konnte Frau Dahl in den dunklen Garten sehen. Über steilen Hausdächern verlief die Linie des höher gelegenen Waldes, wie mit Kohlestift angedeutet. Im Winter rückten die Baumspitzen in der klaren Luft näher, dunkelgrün dann, nicht grau wie jetzt. Rehe traten auf die verschneiten Wiesen, die von Hasenspuren durchkreuzt waren. Der Schnee glitzerte dann blau bis violett. Schnee war nie einfach nur weiß. Jetzt aber regnete es, goß es, trommelte es gegen die Fensterscheiben und platschte aus dem Ablauf der Dachrinne, bullerte auf dem Dach und pladderte im Fischteich. Dann verloren sich all diese Einzelheiten in einem mächtigen Rauschen. Es klang wie ein Wasserfall. In ein paar Stunden war das Wetter umgeschlagen, hatte den Sprung vom Oktober in den November gemacht, so wie man ein Kalenderblatt abreißt. Daß Ende Oktober gewesen war, wußte Frau Dahl zufällig, weil das heute von irgend jemand erwähnt worden war. Im allgemeinen wußte sie so etwas nicht. Der Kalender in der Küche zeigte schon monatelang den zwölften Mai 1992 an. Warum es gerade am zwölften Mai mit dem Abreißen des Kalenderblatts aufhörte, wußte Frau Dahl auch nicht.

Von ihrem Bett konnte sie durch die offene Tür und durch den Tunnel des Vestibüls in das Wohnzimmer blicken: die Hälfte des Sofas, ein Teil des Flügels, ein Stück von der Stehlampe, der untere Teil eines verdunkelten Ölgemäldes. Ludwig hatte das Bild, kurz nachdem sie geheiratet hatten, gekauft, gemalt war es im Stil Runges. Jahrelang hatten sie gehofft, daß es ein echter Runge sei, bis dann die Experten diese Hoffnung zunichte machten. Das Bild stellte ein rotbäckiges Kind mit Kreisel und Peitsche dar. Im Bett sitzend, konnte Frau Dahl die zinnoberroten Schuhe des Knaben sehen, wie auch den gelben Kreisel. Auf dem Flügel stand wieder einer von Ulrikes Blumensträußen. Eigentlich nett von Ulrike. Eigentlich waren alle nett zu ihr, nur eben, daß niemand Zeit hatte.

Im Wohnzimmer Stimmen: Naß bis auf die Haut bin ich geworden. War das nicht Doro? Auch eine Frau Dahl unbekannte, männliche Stimme, noch etwas neugebacken, unausprobiert sozusagen, die hatte noch nicht viel herumgebrüllt, war deutlich zu hören. Ein junger, hochgewachsener Mann, der eine Brille mit kleinen runden Gläsern trug, wie sie vor hundert Jahren gebräuchlich waren, früher hätte man ihn einen Jüngling genannt, trat in Frau Dahls Blickfeld und setzte sich an Ludwigs Flügel. Von den Notenblättern, die da schon wer weiß wie lange auf dem Notenständer vergilbten, spielte er etwas aus *Land des Lächelns*. Das freute Frau Dahl. Endlich stand der Flügel nicht unbenutzt wie ein schwarz glänzender Grabstein aus Granit, und die Melodie war so schön entspannend. Frau Dahl lehnte sich im Kissen zurück.

Hör doch auf mit dem Kitsch, sagte da die für sie unsichtbare Doro. Sie unterschätze Lehár, sagte der Klavierspieler, Lehár verstehe die Sehnsucht des kleinen Mannes. Doro: Die fehle ihr gerade noch. Der Klavierspieler: Sei doch nicht immer so. Und fügte hinzu, auch er sei ein Kind des Volkes, und für das Volk sei Doro doch, wenn er sie recht verstehe. Darauf Doro: Was du nicht tust, du Volksheini. Frau Dahl erwartete, daß nun die Frotzelei in voll ausgewachsene Verstimmung ausarten würde, aber nein. Sie sei, sagte Doro, ganz durchgefroren in ihren nassen Kleidern, er etwa nicht?, und ging ins Badezimmer. Frau Dahl hörte Wasser in die Wanne rauschen. Darauf folgte nach kurzer Stille Gelächter und Plätschern. Die beiden nahmen zusammen ein heißes

Bad. Frau Dahl konnte für die moderne Jugend keine Worte finden.

Sie war nun doch ziemlich müde. Geradezu erschöpft. Aber einmal mußte es ja mit ihr zu Ende gehen. Ein Cognac gegen die Endlichkeit des Lebens, das täte jetzt gut. Irgendwann mußte sie sich das Knie verletzt haben, eine Abschürfung, die brannte, wenn die Bettdecke dagegenstieß. Befand sie sich schon im letzten Stadium, in der beginnenden Auflösung? Alle waren so merkwürdig zu ihr. Ulrike schickte Blumen, kam aber viel seltener herüber. Bennochen dafür öfter, aber er sprach mit ihr wie mit einem Kind, mal liebevoll und nachsichtig, dann im Kommandoton. Nur die Placka redete, wie sie immer redete. Lange blieb niemand. Sie kamen und gingen. Das Telefon hatten sie weggenommen, es stand früher auf dem Tischchen neben der Kleiderablage im Vestibül. Da lagen jetzt nur noch Frau Dahls Handschuhe. Irma kam überhaupt nicht mehr. Sie war in ärztlicher Behandlung, aber was ihr fehlte, wußte Frau Dahl nicht. Auf ihrem letzten gemeinsamen Waldspaziergang war Irma plötzlich weiß um die Nase geworden. Sie war stockssteif stehengeblieben: Jetzt ist's in die Hose gegangen. Groß.

Hatte Frau Dahl geschlafen? Auf dem Klavier stand wieder ein Blumenstrauß, oder war es derselbe? Solange Ludwig lebte, durfte nichts auf dem Klavier stehen, jetzt dagegen stand und lag alles drauf, feuchte Gläser, abgelegte Jacken. Von Doro und ihrem Klavierspieler war nichts mehr zu sehen. Vom Fenster gerahmt, bewegte sich die Zierkirsche im Nachtwind. Auf Frau Dahls Nachttisch brannte die Lampe, jemand hatte ihr eine Zeitschrift hingelegt, »Schöner Wohnen«. Frau Dahl schaltete die Lampe aus und dann wieder an, weil an war, was sie eigentlich wollte. Sie sollte sich mehr konzentrieren, vor allem sollte sie auf ihre Handtasche aufpassen. Da war doch ihr ganzes Geld drin. Wenn man allein war, war man ohne Geld wehrlos. Das schlimmste wäre, älter zu werden, als das Geld ausreicht, allein wie man war. *Alone,* würde Vera sagen. *Alone by the telephone.* Wie ging doch der Schlager? Nein, der ging anders. Nachts ging das Telefon, ging der. Das Telefon, das jetzt weg war. Tante Dahl habe, so die Placka, immer nur noch in den Hörer gesprochen, das Mundstück am Ohr. Das war natürlich gelogen.

Frau Dahl stieg stöhnend, denn sie mußte jetzt dauernd stöhnen, aus dem Bett, um sich etwas die Füße zu vertreten. An ihre Pantoffeln kam sie nicht ran, die lagen unter dem Bett zu weit hinten. In der Küche stand eine leere Flasche Moët & Chandon. Auch auf den Kopf gestellt und geschüttelt gab sie keinen Tropfen her. Im Brotkorb kein Brot. Der Kühlschrank war abgestellt. In diesem Haus war niemand zu Hause. Nur ein halbleeres Glas Gewürzgurken hatte man stehenlassen. Im Wohnzimmer roch es nach ausgedrückten Zigarettenstummeln. Das Sofa sah aus, als hätte dort jemand unruhig geschlafen, es war ganz zerwühlt, ein Kissen lag hinter der Lehne auf dem Boden.

Frau Dahl hatte doch etwas gesucht.

Hoffentlich kam sie wieder aus dem tiefen Sessel hoch, in den sie sich vorschnell hatte sinken lassen, eines plötzlichen Schwächeanfalls wegen. Sie müßte sonst die ganze Nacht da sitzen bleiben, denn ihr Stock war ihr aus der Hand gerutscht, außer Reichweite natürlich. Das hatte er so an sich. Dabei waren ihr schon jetzt die Füße kalt. Auf dem sogenannten Rauchtisch lag eine Zeitung, aber sie konnte den fettgedruckten Überschriften keine Bedeutung abgewinnen, obwohl sie sie auch ohne Brille lesen konnte. Kein Sinn stieg aus den Worten zu ihrem Verständnis auf. Die Kirchturmuhr schlug viermal. Es war die Stunde, wenn draußen die alte Tanne gegen die Hauswand schabte. Frau Dahl hoffte, daß sie nicht allein sein würde, wenn sie starb. Im Halbdunkel hörte sie, daß es immer noch regnete. Als Tapetenmuster gab es diesmal graue Mäuse. Erst als es hell wurde, hörte der Regen auf.

GEGEN MITTAG regnete es wieder. Es wurde kälter, und in den Regen mischte sich Schnee. Die Berge verschwanden in einem mauven Nebel. Auf der Straße fuhren die Autos mit angestellten Scheinwerfern vorbei.

Benno brachte das Mittagessen: So, hier gibt's was. Leberkäs, magst du doch. Frau Dahl, um ihn nicht zu enttäuschen, lobte den Kartoffelsalat vom Huber. Während sie aß, setzte Benno sich neben sie und schob mit seinem freundlichen, blauen Blick jeden Happen nach, den sie sich lustlos in den Mund steckte. Dann wurde er energisch und nahm die Gabel selbst in die Hand, aber Frau Dahl schüttelte genauso energisch den Kopf. Noch war sie keine totale Invalidin.

So angestrengt konzentriert, wie Bennochen aussah, hatte er Sorgen im Geschäft, aber er rückte nicht damit heraus. Das kannte Frau Dahl. Er ließ sich nicht gern in die Karten sehen. Keep smiling. Das hatte er von Ludwig. Auch der hatte nie viel über Geschäftliches gesprochen, er meinte, es könnte am falschen Platz gehört werden, zur Konkurrenz dringen. Weil er sich nie richtig ausgesprochen hatte, kam es dann zu Hause zu angestauten Wutausbrüchen, weil das Salz auf dem Tisch fehlte. Da hatte er sich gehenlassen. Vor dem Einschlafen litt er an einem quälenden Schluckauf. Beim Frühstück war er in finsterster Laune. Wenn dann schon bei der ersten Tasse Tee das Telefon klingelte, schrie er wie im Schmerz in die Muschel und knallte den Hörer auf, gleich, welcher wichtiger Auftraggeber ihn sprechen wollte. Dann schleppte er sich auf dem Holzbein, das er in einem Anfall von Galgenhumor Klothilde getauft hatte, ins Badezimmer und schloß sich ein. Er konnte dann wohl den Anblick seiner Familie nicht ertragen. Und liebte sie doch alle. Benno war da anders, der brüllte nie. Der fraß alles in sich hinein, als sei's Kaviar. Aber auch er schloß sich manchmal auf längere Zeit im Badezimmer ein.

Ob es der Mutter sehr schwerfallen würde, die Wohnung zu wechseln, fragte Benno Frau Dahl beim letzten Bissen Leberkäs, den sie am liebsten ausgespuckt hätte. Nun ja. Sie hatte sich langsam daran gewöhnt, bei diesen Leuten im Anbau zu wohnen, sie waren ja nie da. Und im Alter tat man sich schwer mit dem Umziehen. Ich weiß nicht, Bennochen, ob ich das schaffe. Und wohin überhaupt? Frau Dahl wurde angst. Doch nicht etwa in ein Alteleuteheim? Stammelnd, die Zunge ein Knäuel, brachte sie heraus: Ich bin eine alte Frau. Dann, sich der Frage schämend, fragte sie trotzdem, wie alt sie denn eigentlich sei. Demnächst achtundachtzig? Das war ja furchtbar!

Benno streichelte ihr die Hand. Die beiden ergrauenden Haarbüschel über seinen Ohren standen wieder wild ab, dafür wurde es über der Stirn spärlich. Schon vor Ludwigs Tod hatte er nur schwach auf weibliche Anziehungskraft reagiert, danach schien er überhaupt blind für junge Frauen geworden zu sein, sosehr die sich auch in seiner Gegenwart aufplusterten. Anhänglich hatte er an ihrer Seite gelebt, besorgt um ihr Wohlsein, hatte ihr sanft den Nacken massiert und das Haar gebürstet. Zu zweit waren sie an die Adria gereist, zu zweit hatten sie nebenan gelebt, und Frau Dahl hatte bei diesem Mutter-Sohn-Idyll vergessen, daß man so etwas eigentlich nicht als normal bezeichnete. Schließlich war Benno sechsundzwanzig. Felizitas hatte das folgendermaßen ausgelegt: Sensibel war er ja schon immer. Ob sich Frau Dahl noch erinnere, wie er auf dem Gymnasium in der Biologiestunde ohnmächtig geworden war, als es hieß, man dürfe bei Nasenbluten keine Watte in die Nase stecken, weil Fäserchen in die Blutbahn geraten könnten? Und als er das dann zu Hause erzählte, war er wieder ohnmächtig geworden. Jetzt, wo der dominierende Vater weg ist, kann er sich der geliebten Mutter ganz und gar zueignen, hatte Felizitas gesagt und prophezeit: Das wird auch so bleiben. Lockerungen des Verhältnisses zum Sexualobjekt seien nicht ungewöhnlich. Bei ihrem Neffen tippe sie auf eine latente, sich selbst nicht zugestandene Homosexualität. Na, und dann hatte Bennochen die Bombe einschlagen lassen. Ruck, zuck, von einem Tag auf den anderen, hatte er Ulrike aus dem Hut gezogen, sie geheiratet und sofort sein erstes Kind gezeugt.

Jetzt war er in Eile. Keine Sorge, er schaffe das schon, nur mit der Ruhe. Eine Krise schön nach der anderen. Seine noch immer dichten Wimpern über dem ehrlichen Kornblumenblick wippten nervös. Wenn es im Betrieb keinen Ärger gab, gab es ihn eben mit den Mietern, die in den Wohnungen über dem Reifenlager wohnten. Ausnahmsweise bekam Frau Dahl einen etwas ausführlicheren Abriß der Lage zu hören: Bei den häufigen Reparaturen von Rohrbrüchen und damit verbundenen aufgeschwemmten Parketts war die ganze Sache nicht sehr einträglich, von Dachschäden und kaputtem Heizkessel nicht zu reden. Aber es hieße ja immer nur, die armen

Mieter, die bösen Hausbesitzer! Benno ergriff entrüstet die Gabel vom Mittagessen und schob damit ein Stück übriggebliebene Kartoffel auf dem Teller hin und her. Man müsse sich eben auf Überraschungen einstellen, wie vorige Woche. Da habe er die Polizei verständigen müssen, weil eine Sechzehnjährige mit ihrem Freund ihre Wohnung in eine Rauschgifthöhle verwandelt hatte. Ein und aus waren die Dealer gegangen, unbeschreiblich die Schweinerei, die nach der Räumung zurückgeblieben war. Und jetzt war bei Herrn Kalçek das Klo verstopft. Frau Pusach, die über ihm wohnt, habe sofort angerufen und gedroht, sich wegen unsanitärer Zustände an das Stadtamt zu wenden. Die Fäkalien der Familie Kalçek tauchten oben in ihrem Klobecken auf, hochgeschwemmt, das sei zuviel! Sie bezahle ihre Miete pünktlich, da könne sie wohl erwarten, keine türkischen Würste in ihrem Klobecken zu finden. Wenn das nicht augenblicklich behoben würde. Benno seufzte: So sind die Menschen. Bei deutschen Würsten würde sich diese Zicke natürlich viel weniger aufregen. Damit fiel das Stückchen Kartoffel endlich über den Tellerrand. Frau Dahl wußte nicht, was sie zu diesem Windstoß aus der Außenwelt sagen sollte. Also versuchte sie, ein bißchen zu lachen.

Nachdem Benno gegangen war, versteinerte der Tag. Eine Zeitlang sah Frau Dahl die Wand an, dort, wo sie schon immer gern einen Torbogen in das kleine Eßzimmer durchbrechen lassen wollte, aber es war immer etwas dazwischengekommen. Das Eßzimmer wurde nun schon lange nicht mehr benutzt. Essen tat sie am sogenannten Rauchtisch. Der war mit Perlmutt eingelegt. Mehrere Male marschierte sie am Stock um diesen Tisch, wackelig beide. Wenn jetzt Irma zum Kaffee und

Schnäpschen käme! Aber jemand hatte gesagt, Irma sei tot. Die Tage waren nun so kurz, daß ihr Licht nur ein paar Stunden hergab, und auch die waren trübe und grau. Was es im Garten zu sehen gab, war auch nicht gerade ermunternd. Die Astern waren verkommen, blauroter Matsch. Vom Nußbaum hatte der Sturm die letzten Blätter abgerissen, der stand jetzt kahl. Die Birke schien von einer Krankheit befallen zu sein, aber die Kastanie war hochgeschossen. Ludwig hatte die blanken Früchte gern in der Hosentasche getragen und sie da zwischen Daumen und Zeigefinger gerollt, das sei beruhigend, hatte er gesagt. Es wurde erzählt, daß Ludwig, als er ein Loch in der Hosentasche hatte, eine Kastanie daraus verlor, die Wurzel faßte, eben die dort am Fischteich.

Am Vogelhäuschen regte sich nichts. An dem Draht, der über das Steintreppchen zum tieferen Teil des Gartens führte, liefen Wassertropfen entlang. Überall eine gegenstandslose Melancholie, auch dieser Draht, der ihr den Weg nach nebenan versperrte. Irgendwer hatte gesagt, das sei, damit sie nicht auf den glitschigen Stufen ausrutsche. So habe Frau Huber einen Schädelbruch erlitten. Warum mußte sie nur so uralt werden? Ihre kleine Schwester, die Agnes, war schon mit vierzehn am Krebs gestorben. Sie hatte ein suppendes Loch im Bauch gehabt. Manchmal war das blaßrötlich durch die weißen Spitzenkleider, die man damals trug, gekommen. Warum hatte der liebe Gott die Jahre nicht gerechter unter ihnen verteilt?

Frau Dahl schlurfte wieder um den Rauchtisch. Dabei bemerkte sie, daß Post gekommen war, ein ganzer Stapel. Obenauf eine Ansichtskarte von Irma aus Griechenland vom – wo war die Brille nun wieder – fünften April. Die Ansicht vom Parthenon. Es sei immer noch ziemlich kühl und windig, schrieb Irma, doch das Essen sei gut. Wegen ihrer Augen schrieb Irma sehr groß, damit sie es selbst lesen konnte. Viele liebe Grüße. Auch eine Postkarte von Vera aus Paris. Daß Vera in Paris war, hatte Frau Dahl gar nicht gewußt. Sie hatte geglaubt, sie sei in der Küche. Auch mitten im Winter ist Paris schön, schrieb Vera, der verschneite Place des Vosges malerischer denn je, nur fehlt ihr der Wintermantel. Auch ein Brief von Felizitas. Auch eine Ansichtskarte aus dem Allgäu, auf der sich zwei Kühe gegenseitig die Mäuler ablecken. Küssen ist keine Sünd', stand darunter. Auch *I love New York*, in Rosa gedruckt, über Wolkenkratzern und postkartenblauem Himmel. Wer schrieb Frau Dahl denn aus New York?

Aber die Post ist doch uralt, sagte Vera. Sie war tatsächlich aus der Küche gekommen und trug ein Tablett, auf das sich ihr Gesicht konzentrierte, damit nichts herunterfiel. Auf dem Rauchtisch erschienen Gläser und eine Flasche Williamine, geöffnet. Wie das schon duftete!

Wie schon Lenin sagte, sagte Vera, wozu soll ein schlechtes Leben gut sein? Frau Dahl wunderte sich. Hatte Lenin das wirklich gesagt? Das sei nur so dahingeblödelt gewesen, beruhigte Vera ihr Gestammel und goß randvoll ein. Schon nach dem ersten Schluck fühlte Frau Dahl sich wie neugeboren. Um sie noch mehr aufzumuntern, zeigte Vera ihr das Bild einer Amerikanerin in einer Zeitung. Irgendeine Prominenz, oder wahrscheinlicher, die Frau irgendeiner Prominenz, die, so erklärte Vera enthusiastisch, ihren achtzigsten Geburtstag feierte. Ihren achtzigsten! Und sieh dir die kurzärmelige Bluse an, am Hals offen. Zu gefärbtem, gelocktem Haar. So wie diese Person auf dem Bild könne auch Frau Dahl aussehen, behauptete Vera, wenn sie nur nicht so defätistisch wäre.

Immer bloß Grau, und bis oben zugeknöpft, immer nur lange Ärmel. Neunzig sei heute kein Alter. Frau Dahl fand, daß die Person auf dem Bild befremdend jugendlich aussähe. So etwas war doch würdelos.

War Frau Dahl defätistisch? Im Spiegel sah sie eine verzottelte, weißhaarige Zigeunerin in gefranstem Schal, der übrigens dunkellila war, Vera. Der gefurchte Hals sah aus wie der Feldweg zum Wald, die Nase riesig im eingesunkenen Gesicht, dessen Haut aussah wie ein Stück ausgewaschener Baumwollstoff. Nur die immer noch blauen Augen waren farbecht. Kauft Indanthren. Blauäugige alte Zigeunerin, du sollst dich messen mit einer blonden amerikanischen Prominenz im Seidenblüschen! Frau Dahl war schon wieder zum Weinen zumute.

Sie war nun wieder allein. Auf der Straße wurde gehupt, zweimal, es klang gereizt. Im Garten war es stockfinster. Es ließ sich nicht sagen, ob Morgen oder Abend war. Doch dann gingen plötzlich die Außenlampen an, gelbe Gartenleuchten, die ein beruhigendes Licht ausstrahlten. Der Regen hatte aufgehört, aber Sträucher und Bäume trieften. Unter der großen Tanne hatte Benno mal Frauenschuh gepflanzt, der aber dahinmickerte und schließlich einging. Das ließ Frau Dahl keine Ruhe. Sie kramte nach ihrer Brille, fand sie in der Tasche des Morgenrocks, aber nun konnte sie sich nicht erinnern: Wozu das verschmierte Ding mit dem abgebrochenen Bügel? Es saß ihr schief auf der Nase. Als sie wieder aus dem Fenster sah, fiel ihr der Frauenschuh ein. In Knaurs Lexikon – das in Leinen gebundene Buch aus den fünfziger Jahren lag seit Ewigkeiten auf dem sonst unbenutzten Schreibtisch – fand sie tatsächlich den Grund für das Eingehen des Frauenschuhs: *F.-schuh, auch in Deutschland vorkommende Orchidee mit schuhähnl. Lippe; auf Kalk-*

boden. Also das war es! Hier war die Erde nicht alkalisch, der Boden war sauer. Frau Dahl war so stolz darauf, daß sie herausgefunden hatte, warum der F.-schuh eingegangen war, daß sie am liebsten gesungen hätte. Das mußte sie den Kindern erzählen. Also bitte, nun wißt ihr's. Fragt nur die alte, unzurechnungsfähige Oma. Frauenschuh brauchte alkalischen Boden. Und was gab es sonst noch im Lexikon unter Fr'? Frau Dahl ließ den Zeigefinger rückwärts gleiten: *Frauenbewegung.* Was das bedeuten sollte, war ihr ein Rätsel. *Frauenkrankheiten. Frascati. Französisch-Äquatorialafrika,* nicht auszusprechen. *Franzbranntwein. Franz Joseph der Erste,* der eigentlich der Letzte heißen müßte. Nach seinem Tod und den verlorenen Kriegen war es aus mit der Monarchie. Frau Dahl rutschte die Brille von der Nase und fiel klirrend zu Boden. Die war kaputt, das hatte man hören können.

Frau Dahl ging in die Küche, hatte dann aber vergessen, warum. Sie ging also wieder zurück durch das Vestibül in das Wohnzimmer und an das Fenster zum Garten. Ihr Stock pochte regelmäßig auf den Boden, scharf auf den Fliesen, dumpf auf dem Teppich. Das erinnerte sie an Ludwig. Auf dem unbebauten Grundstück zur fernen Seite des Gartens hatten sie im Sommer einen Rummelplatz mit Zelten und Buden und einem Karussell aufgebaut. Der Lärm hatte Ludwig verrückt gemacht, besonders das Geknalle von der Schießbude.

Im allgemeinen war wenig Verkehr auf der Straße. Bei gutem Wetter spielten dort die Nachbarkinder und schrien sich dabei heiser. Man konnte das hohle Aufschlagen eines Balls hören. Jetzt lag die Straße leer im Licht der Laternen. Irgendwo bellte ein Hund, aber das war nicht Emil. Der da bellte, hatte eine rauhe, etwas enttäuschte Stimme.

Wer in dem Haus hinter der niedrigen Hecke wohnte, war Frau Dahl entfallen. War ja auch egal. Es war ein Vorkriegsgebäude, keine Doppelgarage, kein Blumenfenster wie in *Schöner Wohnen*. Mit dem Opernglas ließ sich den Leuten leicht in die Fenster sehen. Schon seit einigen Tagen hingen drüben nicht mehr die sonst allerorts üblichen Stores, die mußten wohl in der Reinigung sein. Was Frau Dahl mit dem Opernglas tat, war ungehörig, und sie schämte sich auch, aber lassen konnte sie es nicht. Es war wie zur höheren Gewalt geworden. Eher hätte sie ihre täglichen Kaffeerationen dreingegeben, als daß sie das Opernglas weggelegt hätte. Schon vormittags konnte sie in dem zeitfremden Haus einen Mann mittleren Alters beobachten, der in einem braunen Sessel neben einer Topfpalme saß und vor sich hin trank. Die Schnapsflasche stand neben ihm. Da jetzt das Fenster erleuchtet war, ließ sich im Hintergrund ein ungemachtes Bett erkennen. Der Mann hatte ein außerordentlich verkommenes, brutales, vom Alkohol zersetztes und gerötetes Gesicht, das gleichzeitig etwas Hilfloses hatte. Frau Dahl würde ihm nicht alleine im Wald begegnen mögen. Nur um seinen Schnaps beneidete sie ihn.

Ihr schmerzten die Beine. Als sie sich auf den Stuhl vor dem überflüssigen Schreibtisch setzte, knirschte Glas unter ihrem Schuh. Nun war die Brille wirklich dahin. Beim Blättern im Knaur las sie bei gehörigem Abstand auch unbebrillt: *Gasnebel (astronomisch)*. Dann: *Tycho Brahes Weg zu Gott*. Sie verspürte ein absonderliches Getümmel in ihrem Kopf.

Als sie aufwachte, schüttelte nicht Frau Placka, sondern Ulrike die Kissen auf und goß die Pflanzen, also mußte Sonntag sein. Du hast ja eine Fahne! sagte Ulrike und schnupperte. Sie trug eine Schürze über dem goldbestickten Pullover und fegte das Schlafzimmer und das Vestibül. Im Wohnzimmer sammelte sie die zertretene Brille auf. Kommentarlos. Frau Dahl fiel auf, daß Ulrike grau wurde.

Als sie wieder allein war, ließ Frau Dahl die Nachbarkatze herein, eine schwarze, die auf ungewöhnlich langen Beinen ging. Schmaler Kopf auf elegantem Hals, große Ohren, langer nervöser Affenschwanz. Die schien direkt aus dem Museum, Abteilung ägyptische Kunst, entlaufen. Die Katze hatte Hunger. Leider war nur ein halbes Brötchen da, von dem sie gierig die Butter ableckte, dann sprang sie aufs Sofa, wusch sich mit der befeuchteten Pfote das herzförmige Gesicht, fuhr mit der rosa Zunge über die zarten Schultern und die schmale Brust, rollte sich zu einem perfekten Oval zusammen und schlief schnurrend ein. Frau Dahl sagte sich, daß es am besten sein würde, wenn sie die Besuche der Katze geheimhielte.

V ERAS IMMER NOCH anhaltende Wut auf den Taxichauffeur in München, der sie und Nat mitten in einer Baustelle abgesetzt hatte, fand auch Frau Dahl berechtigt. Ein mürrischer, überfetteter Mensch in Hemdsärmeln, der trotz des kalten Tages direkt gedampft hatte, schimpfte Vera. Er hatte sie vom Flugplatz zum Bahnhof bringen sollen. Als ob er den Münchener Hauptbahnhof nicht gekannt hätte! Aber sie, Nat und Vera, hätten im Taxi englisch gesprochen. *That did it.* Das hatte dem nicht gepaßt. Angsterregend, wie dieser Fleischkoloß mit der rechten Pranke steuerte, während die linke lässig von dem wie geschwollenen Gelenk hing, das übergangslos in den aufgestützten, mit Fettgrübchen wellenden Unterarm verlief. Nat habe sich furchtlos mit einer zum Gespräch einladenden Bemerkung über das schon mit Schnee gemischte Regenwetter an ihn gewandt, aber keine Antwort erhalten. Verglichen mit diesem Botero, dessen Nacken vor ihnen schwappte, habe Nat zerbrechlich gewirkt. Kaum waren sie ausgestiegen und hatten bezahlt, spritzte das Taxi davon, und sie standen im Schlamm einer Baustelle. Das hättest du sehen sollen! Steinhaufen, ein untätiger Zementmixer, Durchgang verboten, und wir mit dem Koffer im Regen, der in den Pfützen gelbe Blasen schlug. Die halbe Prielmayerstraße mußten wir lang. Vera schob die Kleiderbügel im Kleiderschrank hin und her. Viel war da nicht los. Am besten wäre wohl das Dunkelblaue, da hast du passende Schuhe dazu. Frau Dahl stand in dem neuen Nachthemd, das Vera ihr mitgebracht hatte, neben ihr. Sie bekam jetzt von allen Seiten nur noch Nachthemden geschenkt. Es wunderte sie nicht. Was schenkte man einer Greisin, deren Gehirn weder Geschriebenes noch auf Platten Aufgenommenes akzeptierte? Als Benno ihr Schumanns Lieder, von der Seefried gesungen, vorspielte, hatte sie nur mühsam zuhören können. Es war, fand sie, zuviel des Guten. Als Frau Dahl das Kleid nach mühevollem Stöhnen und Zerren schließlich anhat, zipfelt der Rock. Sie muß es wieder aus- und das Hellgraue anziehen, dazu die Anstecknadel mit dem Aquamarin. Was war eigentlich los? Von nebenan hörte sie Betrieb. Der Regen hatte aufgehört, Ulrike kehrte die Terrasse. Der Besen war so borstig wie Doro, die in Gummistiefeln über den matschig gelben Rasen stampfte und vor sich hin schimpfte: Arsch! mußte Frau Dahl hören.

Es wurde Besuch erwartet, eine kleine Party sollte es geben, und auch Frau Dahl sollte dabeisein. Wer denn sonst noch alles? rang die sich beunruhigt ab. Ach, viele.

Vera zählte auf. Tante Lizzi und Onkel Goswin. Silke und Ekkehard mit dem Kind. Eigentlich hatten die ihre Verlobung feiern wollen, aber weil Ekkehards Scheidung noch etwas dauern würde, hätten sie im letzten Augenblick davon abgesehen. Was also tun mit den Bergen von Schinken und Räucherfisch, die Ulrike schon eingekauft hatte, mit dem schönen Fruchtsalat, den sie geschält, geschnippelt, entkernt und mit viel Genever angerichtet, die Tiramisu-Torte, die Doro gebacken hatte? Da mußte eben trotzdem gefeiert werden. Auch der Herr Dr. Brüderle aus München wurde erwartet, aber ohne seine Lebensgefährtin. Die hätten sich überworfen, weil Rudi, also der Herr Doktor, nicht ihr zuliebe das Rauchen aufgeben wollte. Dafür kam Fräulein Kürbisch, die kenne die Mutter ja von früher. Frau Dahl hat keine Ahnung. Ihr wurde angst und bange bei dem Gedanken an so viele Menschen. Am liebsten wäre sie zu Bett gegangen und hätte das Licht ausgemacht.

Trotzdem hielt sie artig still, als Vera den verhedderten Restbestand ihrer Dauerwelle mit mäkeligen Blicken kämmte. Dabei sah sie in das Gesicht ihrer Tochter wie in einen Spiegel. Anscheinend gab es nicht zu bewältigende Probleme. Vera spuckte in ihr Taschentuch, wischte, was sie mit einem Stift an den Augenbrauen gemacht hatte, wieder weg, sagte: Also gut. Es klang fatalistisch. Noch fehlten die blauen Lederschuhe mit den halbhohen Absätzen. Die hatten sich aber, als Doro sie sich mal geborgt hatte, mit Schneewasser vollgesoffen und beim Trocknen verhärtet. Aber auch in den schwarzen mit den flachen Absätzen konnte Frau Dahl kaum laufen. Nur mit Schmerzen kam sie darin durchs Vestibül bis ins Wohnzimmer.

Also bis gleich. Allein wartete Frau Dahl ängstlich der

Dinge, die da kommen sollten. Zuerst kam Ulrike. Der gefiel das hellgraue Kleid absolut nicht, dieser alte Sack. Frau Dahl mußte zurück ins Schlafzimmer. Da sie natürlich längst vergessen hatte, daß das Dunkelblaue zipfelte, mußte sie es sich noch einmal unter Ächzen und Gezerre anziehen lassen. Dann wurde entdeckt, daß es zipfelte. Der Rocksaum war die reinste Achterbahn. Also wieder raus aus dem Dunkelblauen und in den schwarzen Faltenrock und die beige Seidenbluse, dazu die Perlenkette. Dann wieder auf wehen Füßen zurück ins Wohnzimmer.

Wieder wartete Frau Dahl und hoffte inständig, man würde sie vergessen. Bei der Vorstellung von all diesen Menschen nebenan, von diesen ihr fremden Gästen, diesen salbadernden Grüppchen auf Sofa, Sesseln oder stehend, empfand sie sich anfälliger als sonst. Der Druck über ihrem Herzen, vorlängst diskret, wurde zur Faust eines Riesen. In ihrer Einsamkeit hatte sie sich die Gesellschaft alter, zum Klatsch aufgelegter Freundinnen, die Bruthennenwärme des Familienkreises gewünscht. Das hier war zuviel des Guten. Ludwig, rief sie halblaut.

Wer kam, war Benno. Er zog etwas Glitzerndes aus der Tasche und nahm ihr sanft die Perlenkette ab: Das hier ist wenigstens echt. Es war ein Anhänger aus Gold an einer Kette, wie sie sich hohe Tiere und Geistesgrößen gegenseitig verliehen. Das runde Ding baumelte schwer an Frau Dahls abgesunkenem Busen. Sie fragte sich, für welche Begabungen oder Tugenden ihr diese Medaille verliehen wurde, und ihr wurde klar, als Dank für getreue Dienste als Mutter. Und obwohl sie sich geehrt fühlte, stimmte sie das auch wehmütig, denn es war wie ein Schlußwort mit goldenem Endpunkt.

Daß dann nebenan bei ihrem Erscheinen an Bennos Arm alle Anwesenden sich höflich lächelnd erhoben, berührte sie peinlich. Schrecklich auch dieses Vorstellen, Herr Dr. Brüderle, na, Ekkehard hast du ja schon mal kennengelernt, und an Fräulein Kürbisch kannst du dich bestimmt erinnern. Sofort verschloß und verriegelte sich Frau Dahls Gedächtnis wie eine Burg beim feindlichen Angriff, alle Wallbrücken gingen hoch. Wer war diese knollige Kürbisch in dem viel zuviel offenbarenden, lila-der-letzte-Versuch-farbenen Pullover? Wer war die junge Frau mit dem Sträflingshaarschnitt und dem Körper eines im Sexus unentschiedenen Jünglings? Nie gesehen. Und zu wem gehörte das Kind? Mit runden, blanken Augen sah es um sich und stopfte sich Salzbrezeln in den Mund, bis es das schon zermampfte Backwerk in die gerade noch rechtzeitig aufgehaltene Hand der Hermaphroditin, also scheinbar der Mutter, erbrach. Dann stimmte es ein ohrenzerreißendes Wehgeschrei an. Auf seinem Spielanzug ließ sich, vorn in Rosa gestickt, ablesen: *I'm a girl.*

Und wie heißt du denn? fragte lächelnd der lila Kürbis das Kind. Das unterbrach sein Sirenengeheul und betrachtete die Dame mit argwöhnischem Interesse. Dann fing es erneut zu schreien an, wobei ihm zwei gelbgrüne Bläschen aus den Miniaturnasenlöchern wuchsen. Er heißt Lukas, sprang die Mutter ein. Also doch kein Mädchen? Nein, nur ein Scherz von Vera, die ihm den Spielanzug aus New York geschickt hatte. Typisch Tante Aloe-Vera.

Umsonst hoffte Frau Dahl, daß die Mutter dem Kind die Nase wische. Sie war schon jetzt müde, aber nun goß Benno Bowle mit einem langstieligen, innen vergoldeten Schöpflöffel ein, Mosel, Sekt und Zitronenscheiben: Kalte Ente, gab er bekannt, und es war im Zimmer auch heiß genug dafür bei eingeschalteter Heizung und aufgedrehter Personenwärme. An Bennos Handgelenken blitzten Ludwigs goldene Manschettenknöpfe, doch bevor Frau Dahl sich erinnernd die Augen feucht werden lassen konnte, war man bei einem Streit über Tierversuche. Der Herr Doktor – aber wir nennen ihn Rudi, war er Frau Dahl vorgestellt worden – atmete ein und legte los. Experimente am Tier seien erforderlich, wollte man Krankheiten beim Menschen aufklären und heilen. Schon unterbrach Benno ihn ungewohnt entschieden. Hauptsächlich dienten diese äußerst grausamen Experimente dazu, einer breiten Schicht von Fachleuten die Profession zu erhalten. Ungezählte Versuche würden alle naselang wiederholt, bei längst bekannten Resultaten. Dabei ließen sich in den meisten Fällen die Ergebnisse gar nicht auf den Menschen anwenden. – Das ist mir neu, kam es zurück. Wenn durch Tierversuche auch nur ein einziges Menschenleben gerettet würde, so rechtfertige das alle Experimente. – Hochmut mit faschistoiden Anklängen, kam es von Vera gemurmelt. Von Ulrike die Bitte, sich doch an die Appetithäppchen zu halten. Frau Dahl strengte sich an, dem Gespräch zu folgen. Sie war stolz auf Benno, weil er die armen Tiere so gut verteidigte. Vera erzählte etwas von Mäusen. In New York. Zur Belehrung und Ergötzung des Publikums hätte da eine Ungeziefervernichtungsanstalt weiße Mäuse in Käfigen im Schaufenster gehalten. Die einen mit Futter, doch ohne Wasser, die anderen umgekehrt. Forschungsarbeit für die Schulkinderchen: Welche würden zuerst krepieren? – Ich bitte Sie, verschonen Sie mich, kam die müde Antwort.

An Frau Dahl vorbei ging das Gespräch zu etwas anderem über. Also hielt sie sich an die kalte Ente und hörte nur noch, wie Goswin sagte: Das Boot ist voll. Vor kurzem hatte sie immerzu gehört, der Zug sei abgefahren. Die Transportmöglichkeiten in Deutschland schienen katastrophal zu werden. Da konnte sich glücklich preisen, wer nicht mehr reisen mußte. Sie kraulte Emil, der sich gegen ihre Beine drückte, hinter den Ohren. Er schloß genüßlich die Augen, schnurren konnte er ja nicht. Ihr fehlte Ludwig drüben im alten Ledersessel neben dem alten Blaupunkt. Solange er noch aufrecht sitzen konnte, hatte er dort stundenlang vor seinem Glas Rotwein gesessen, an- und doch abwesend, blicklos, von der Vergangenheit wie aufgesaugt. Der Sessel stand noch, aber die Möbel waren umgeräumt, viele neu. So war das Vertraute befremdender als das Fremde. Auch das Ölgemälde über der Anrichte war neu. Ein Rosenstrauß, zum Teil entblättert. Früher hatte dort eine Winterlandschaft in schwarzem, poliertem Rahmen gehangen. Das war ihnen wohl zu kahl, zu kalt gewesen, aber Frau Dahl hatte das Bild geliebt. Ein verschneites Feld, durch das Fußstapfen auf einen Wald zugingen. Kein Mensch, kein Gehöft, ein paar schwarze Vögel im bleiernen Himmel. Der Wald hieß Vogelsang. Er lag nahe bei Elbing. Elbing lag nahe bei Danzig. Für Frau Dahl war diese Gegend dicht mit Erinnerungen belegt. Vorsichtig trat sie in die tief eingesunkenen, blauen Fußspuren, so bleiben die Füße trocken, die Schneekruste bricht nicht krümelnd in die Schuhe. Am Waldrand fliegt ein bunter Vogel aus den Tannen empor – aus dieser Verwirrung schrak Frau Dahl empor, als sie merkte, daß alle sie ansahen. Man machte sie mit lächelnden Seitenblicken auf das Kind aufmerksam, das auf dem Sofa eingeschlafen war. Jetzt sah es aus wie ein Rafael-Engelchen. Und wie gefällt Ihnen Ihr Urenkel, gnädige Frau?

Dann ließ Goswin von sich hören. Er sei der erste, der zugäbe, daß die Behörden zu labbrig mit Randalierern umgingen. Anstatt sie einzusperren, sollte man sie für

Straßenbau und zur Gebäudeinstandsetzung einsetzen, zehn Stunden täglich. So könnten sie ihre Aggressionen abbauen. Ferner, bei Vergewaltigung, Schwanz ab. Bei Handtaschenraub linke Hand ab. In zwei, drei Jahren hätte man Ruhe. Oder aber, in zwanzig Jahren, eins von beiden: Militärdiktatur oder Anarchie.

Unter Frau Dahls Ohren kraulenden Fingern lehnte sich Emil so fest gegen sie, daß er umfiel, als sie die Beine bewegte. Neben ihr erzählte die modisch magere Silke von der Geburt des Kindes. Das war plötzlich so schnell gegangen, daß man sie im Krankenhaus nicht mehr vorbereiten konnte, gleich rein in den Entbindungssaal. Daher dann wohl auch später die Infektion. Der Stiefvater des Kindes hatte im Taxi das Heulen bekommen. Er hatte gerade an der Uni sein Fach in gesellschaftspolitischer Wissenschaft und völkischem Konflikt mit *vollauf befriedigend* bestanden, aber im persönlichen Konflikt fiel er durch. So Silke. Am anderen Ende des Sofas sagte Vera: Besinnung ist Kunst. Im Gegensatz zur einfachen Erinnerung. Kierkegaard, übermittelt durch Opa, als der noch in seinen Büchern mit Grünstift anstrich, gegen rot hatte er was. Nach seinem Tod habe Vera in diesen Büchern geblättert und dabei endlich den Schmerz empfunden, der bei des Vaters Beisetzung ausblieb.

Leider wachte das Kind auf und vollführte die bekannte Metamorphose vom Engelchen zum quengelnden Bengelchen. Sein außerehelicher Vater, Ekkehard, nahm es auf die Knie und machte Hoppehoppereiter. Frau Dahl fiel dabei ein Reim aus dem scharfsinnigen Volk ein, zurückliegend wie viele Jahrzehnte? Fünf? Der ging: Hoppe, hoppe, Gründgens, wo bleiben denn die Kindkens? Sicher war Gustaf Gründgens kein Begriff mehr für Silke und Doro, allenfalls noch die Hoppe. Als

Vera gesungen hatte »Schön ist jeder Tag, den du mir schenkst, Marie-Luise«, hatte Doro sich totgelacht: Also *die* Schnulze sei ihr neu.

Bis auf das Hoppehoppereiter und das Bums-da-liegt-er hatte der frischfeucht gekämmte, aber sympathische Ekkehard bisher kaum ein Wort gesprochen. Dafür ließ Goswin liebe Erinnerungen erblühen. Unsere Stukas! Rommel, der Wüstenfuchs! Hätte sich nach der Schlacht bei El Alamein nicht das Wetter geändert, wer weiß. Keine pazifistischen Jammerlappen damals. Damals hatte man noch. Damals konnte man noch. Damals herrschte noch. Damals wurde die Post noch pünktlich zweimal am Tag ausgetragen. Das erinnerte Nat an einen ebenfalls fünfzig Jahre zurückliegenden Vorfall. Seine Cousine hatte damals aus Leipzig ein Päckchen an seine Tante Olga in Litzmannstadt geschickt, Paket No. 399, abgestempelt am 5.5.41. Er hatte den braunen Umschlag aufbewahrt, denn das Paket war zurückgekommen mit der Bemerkung in schwarzer Tinte: *Zurück, die Straße des Empfängers befindet sich im Ghetto,* und noch zweimal in Lila gestempelt: *Zurück, in der Straße des Empfängers findet keine Paketzustellung statt.* Ja, damals herrschte bei der Post noch Ordnung. Da ging nichts verloren.

Insgeheim freute sich Frau Dahl. Sie hatte Goswin nie sehr gemocht. Vor Nat hatte sie sich anfangs gefürchtet. Hellwach und streitbar hatte er bei Tisch die Lammkeule mit radikalen Ansichten ruiniert. Aber dann hatte Vera ihr erzählt, er habe sich im Museum vor einer von Manet gemalten Zitrone die Augen gewischt. Jetzt warb er um Felizitas' Aufmerksamkeit. Der amerikanische Superconducting Supercollider zerschlüge Protonen, angeblich zum Wohl der Menschheit. Er solle die Essenz der Natur und ihre Beschaffenheit gleich nach dem Entstehen des Weltalls erforschen. Zu einer Melodie von acht Komma zwei Milliarden. Die einen verdienten mit der Erforschung der Natur, die anderen mit ihrer Zerstörung. Somit sei allen geholfen. Was meinte Felizitas? Die riß bloß die Augen auf, dann verschwamm ihr Blick. Sie lehnte sich zu Frau Dahl herüber und flüsterte ihr ins Ohr, daß Nat, den sie vorher nicht persönlich gekannt hatte, reizend, wirklich ganz reizend sei. Es klang, als sei sie überrascht. Andererseits, fuhr Nat fort, seien acht Komma zwei Milliarden natürlich Kleingeld. Jedenfalls in einem Land wie Amerika, für dessen Verteidigung für die nächsten fünf Jahre wie üblich eins Komma zwei Trilliarden auf die hohe Kante gelegt würden. Und das reichte dann trotzdem nicht für Bosnien. Leider war Goswin inzwischen bei einem heiklen Thema angekommen. Der Ordnungssinn, die Sauberkeit der Deutschen. So sei der Deutsche nun mal, reinlich und ordentlich, wenn ihm das seit Rostock auch wie ein Verbrechen angekreidet würde. Silke protestierte: Onkel Goswin, nun hör schon auf, aber Goswin war nicht aus der Fahrt zu bringen. Wir sind keine Zigeuner. Wir werfen unseren Müll nicht aus dem Fenster. Wir scheißen nicht auf den Rasen. Wir vögeln nicht im Hauseingang. Nicht wie der Südländer. Wo diese Menschen herkommen, gibt es keine Gesittung. – Und keine Gaskammern, sagte Nat. Erfreulicherweise klang in das entstandene Stillschweigen die Hausglocke. An Emils Bellen erkannte Frau Dahl gleich, daß es Bekannte sein mußten, sonst hätte ihn speichelsprühende Wut gepackt. Es war Frau Placka im Seidenkleid, sie wollte nur auf einen Sprung hereinschauen, guten Abend sagen. Mit einem Glas Bowle in der Hand blieb sie in angemessener Bescheidenheit bei der Tür stehen und verweigerte einen Sitzplatz: Nee danke, so viel Zeit hab' ich nich', auch wenn ich mich jetzt Raumpflegerin schimpfen darf.

Endlich kam auch Ulrike aus der Küche. Sie sah aus wie Frau Sisyphus an einem schlechten Tag. Sie tut manchmal wirklich zuviel, dachte Frau Dahl. Die Unterhaltung ging inzwischen um Literatur. Felizitas hatte versucht, das neue Buch von »Günter dem Grässlichen« zu lesen. Heldenhaft, also wirklich in bester Absicht, habe sie sich bemüht, aber das sei ihr zu hochgesteckt. Dagegen fand Silke, die zwar ihr Literaturstudium abgebrochen, aber Lesen zur chronischen Krankheit erhoben hatte – und tatsächlich sah man sie eigentlich immer nur lesend –, Silke fand das neue Buch gut. So wie sie alle zwei Tage ein Buch kommentarlos auslas, so blieb sie auch jetzt kommentarlos und konnte dem Prädikat nichts hinzufügen. Nat sagte, wenn eine Grass-Lektüre auch manchmal *heavy going* sei, lohnend sei sie immer. Doch sei er kein Literaturkritiker. Was ihn aber schon immer erstaunt habe, sei Grassens Bewunderung für dieses Ekel, den Thomas Mann. Schön, Mann konnte schreiben. Daran zu zweifeln, fiele Nat nicht ein, wenn er auch die Tetralogie von Josef und seinen Brüdern als gequirlte Empfindelei empfände. Überhaupt. Dieser gedrechselte Stil. Diese etepetete Erotik. Grass sei saftig, nie anzüglich.

Vera flüsterte Frau Dahl ins Ohr, sie könne von Dank reden, daß Nat aus Höflichkeit nicht, wie sonst immer, gequirlte Kacke gesagt hatte. Herr Dr. Brüderle, genannt Rudi, erhob Einspruch. Für ihn sei und bleibe Thomas Mann der große deutsche Geist seiner Zeit. Was Grass anginge, so könne er den schon wegen des dauernden Nestbeschmutzens nicht leiden. In den Romanen sei er über Seite zehn nicht hinausgekommen. Nat war davon nicht beeindruckt. Welcher Unterschied zwischen dem heiliggesprochenen Männeken und dem Nestbeschmutzer Grass! Grass, der sich im Wahlkampf für seine Partei bis zur Erschöpfung eingesetzt habe. Grass, der unerschütterliche Demokrat! Dagegen Mann, der in seiner *Einkehr* das Volk ehrlos und dumm genannt hatte, bitte, Sie können es nachlesen. Vielleicht mache das Volk sogar Revolution, aber nie aus sich selbst heraus, dazu sei es zu geistlos. Fort also, so Thomas Mann, und ich zitiere aus *Politik,* so Nat, mit dem landfremden und abstoßenden Schlagwort »demokratisch«. Herr Dr. Brüderle entschuldigte das mit sehr frühen, sehr unreifen Schriften von Mann. Aber Nat war in Fahrt und nicht aufzuhalten. Von der Triebhaftigkeit und der Geschwätzigkeit der Südländer habe Mann gesprochen, von ihren schimmernden Tieraugen. Seinen Bruder Heinrich habe er wegen dessen Attacken auf den Kaiser und dessen Unterstützung der Weimarer Republik angegriffen. Hitler habe er nicht denunzieren wollen, weil er dann ein Verbot seiner Bücher und einen Verlust seines deutschen Publikums befürchtete. Erst als ihm vom Dekan der Bonner Universität der »Ehrendoktor« aberkannt wurde, sei bei Thomas Mann endlich die totale, die entrüstete Kehrtwendung erfolgt. Es sei alles nachzulesen, sei aber stillschweigend unter den Teppich gekehrt worden. Also Thomas Mann der Schriftsteller in Ehren, ihn priesen Bessere als er, Nat, und gewiß nicht zu Unrecht. Aber Thomas Mann der Mensch?

Fräulein Kürbisch fragte Vera, trotz langjährigem Aufenthalt in München unerschütterlich sächselnd, wo sie denn ihren Mann kennengelernt habe. Was Vera daraufhin erzählte, glaubte Frau Dahl noch nie gehört zu haben. Vera hatte als schlechtbezahlte Anfängerin in einem Vermessungsbüro gearbeitet. In New York. Oder, wie Nat sie grinsend aufgeklärt hatte, in Jew York. Wo es im Laden zwei Sorten Orangen gab, die großen zum Schälen und die kleineren for Jews. So etwas als »for juice« zu verstehen, hatte Vera einige Anstrengung gekostet. Wie manches andere. An dem ihr unbekannten Feiertag Rosh'ha'schana fehlten im Büro Frau Ferkauf und der Ungar Geza Holloway, der seinen Namen verenglischt hatte. Ebenfalls zum ersten Mal hatte Vera von dem jüdischen Feiertag Jan Kipur gehört. Es war ihr rätselhaft gewesen, wieso dieser polnische Schnulzensänger der zwanziger Jahre so geehrt wurde. *Yom Kippur, for heavens sake!* hatte Nat aufgeschrien. Der jüdische Bußtag! Einer der wichtigsten jüdischen Feiertage! Fällt auf den zehnten Tag des siebenten Monats im jüdischen Kalender! Tief beschämt war sie davongeschlichen.

Ethnisch gesäuberte Orangen, sagte Fräulein Kürbisch, und da wurde immer nur vom Antisemitismus in Deutschland geredet. Sie setzte sich neben Nat und redete lange auf ihn ein. Frau Dahl betrachtete sie versunken. Wenn Ludwig die Kürbisch heute sähe, er würde sich im Grabe rumdrehen. Schon dieses auf Kupfer gefärbte Haar zu der lila Bluse! Und in ihrem leerstehenden Gesicht tat sich nun wirklich nichts mehr. Früher war sie mal eine zwar immer etwas verwischt aussehende, aber doch attraktive Blondine gewesen, eine alte Bekannte der Dahls, aus Pietät zur Familie gerechnet. Frau Dahl hatte sie nicht erkannt, aber jetzt tauchte sie aus dem Abgrund des Vergessens auf als die junge Dame, die verzückt mit geschlossenen Augen zugehört hatte, wenn Ludwig seinen Chopin dahinperlte. Mit den Ellbogen auf das Klavier gestützt, hatte sie ihn angehimmelt, aber er hatte sie belehrt: Um Musik wirklich zu genießen und sie zu verstehen, gebe man sich nicht sentimentalen Vorstellungen hin. Rauschende Wälder, Wellenbrecher, Frühlingslüfte, Tandaradei – völlig verkehrt! Auf die Konstruktion des Œuvre solle man achten, am besten sie auf dem Notenblatt verfolgen. Ludwig hatte gerne junge Frauen mit geschlossenen Augen, die er belehren konnte, um sich gehabt. Fräulein Kürbisch redete und redete auf Nat ein. Kleine Spuckbläschen hatten sich auf ihrer Unterlippe gebildet oder sprühten manchmal in die Gegend. Nach dem, was Frau Dahl aufschnappen konnte, war Fräulein Kürbisch mit sich und der Welt im Einverständnis. Es gab nichts, das nicht mit Anstand und Gottes Hilfe gemeistert werden konnte. Wer es im Leben nicht schaffte, war ein Nichtstuer und ewiger Nörgler. Solche Leute erwarteten, daß etwas für sie getan würde, anstatt sich selbst zu helfen. Man muß sich nur vertrauensvoll in die Ordnung von Kirche und Staat fügen, und alles bekommt seinen Sinn, lieber Herr Rosen. Auch hier in Deutschland. Aber Nat hatte sich in den Schlaf gerettet. Mit zurückgelegtem Kopf und geöffnetem Mund röchelte er zwanglos in seinem Sessel.

Auch Frau Dahl verfiel in eine Art Halbschlaf, durch den das Gerede der Kürbisch wie Regen auf ein Blechdach trommelte. Vielleicht hatte die sogar recht. Auch als Ludwig noch das Taxi fuhr und es ihnen schlechtging, war es ihnen in mancher Hinsicht gutgegangen. Auf Ausflügen mit dem Taxi hatten sie im würzigen Pinienduft Brandenburgs mit verschämter Sinnlichkeit Nacktkultur betrieben. Sinnlichkeit war wohl das falsche Wort, eben weil zu sinnlich, zu fleischlich. Eher war es eine Art schöngeistiger Körperpflege gewesen, gesteigert durch das Gewagte. Bei alledem hatte Ludwig es immer sorgfältig zu vermeiden gewußt, daß Nackedei Vera, die auf ihren Ausflügen dabei war, seine Vorderansicht zu sehen bekam. Sie ging damals schon zur Schule. Nur die perfekten, fest aneinandergepreßten Ovale seines dunkelbraungebrannten Gesäßes, das an das Hinterteil eines Fohlen erinnerte, hatte er zur öffentlichen Schau preisgegeben, denn eigentlich war er schamhaft, wie man eben damals war. Mit dergleichen Einzelheiten rückte Frau Dahls Gehirn manchmal heraus. Mit ihrem Einkaufsnetz, in dem der Topf mit den Picknickrouladen schwappte. Mit dem Lied vom Nöck, das Ludwig auf der Nachhausefahrt gesungen hatte. Vorbei alles. Und doch waren Mond und Sterne die gleichen. Äonen, und dann wieder wie gestern. Je mehr Frau Dahl sich bemühte, sich gegenwartsnah auf der Höhe der Zeit zu zeigen, je unsicherer fühlte sie sich in Gesellschaft ihr unbekannter Menschen. Sie hatte keine Klagen, nicht über schlechtes Essen und teure Restaurants, nicht über den Kapitalismus, nicht über den Kommunismus, nicht über moderne Kunst, nicht mal über Felizitas' Sammlung von Keramik-Enten, nur fremde Menschen waren ihr unheimlich. Zum Beispiel die Dame in Lila mit dem lodernden Kupferhaar, die auf den leise schnarchenden Nat einredete. Wer war das überhaupt? Warum hatte man ihr die nicht vorgestellt?

Auch das Kind war wieder eingeschlafen. Doro bewunderte Felizitas' Granatbrosche am verwelkten Hals. Ihre Großtante ließ im vom Alkohol befreiten Ostpreußisch verlauten: Hat mäh mal viel Jeld jekostet. Um sich gesellschaftlich nicht völlig brachliegend zu zeigen, hätte Frau Dahl gern mit Felizitas geplaudert. Die wußte genau, in welchem Alter Alma, Lule, Gerdchen gestorben waren. Sie wußte, wann und wo der Splitter von der Flakabwehr in das Porträt von Großvater Nikolai eingeschlagen hatte. Aber Frau Dahl versagte wieder einmal die Sprache, statt dessen Mümmellaute. Verlegen fingerte sie am Kragen ihres Kleides herum. Auch sonst kam in ihrer Sitzecke kein Gespräch auf. Zwischen Felizitas und Vera herrschte Eiszeit, seit Vera in einem Weihnachtspäckchen versehentlich die Rechnung hatte liegenlassen, und auch zwischen Doro und Fräulein Kürbisch (da war ihr der Name wieder eingefallen, Frau Dahl war ganz stolz) herrschte Eiszeit. Doro, von jeher von der deutschen Orthographie überfordert, hatte Fräulein Kürbisch auf offener Postkarte gebeten, ihr aus München eine schwer erhältliche Sorte von »Vickensamen« mitzubringen. Fräulein Kürbisch hatte das als beabsichtigte Schweinerei empfunden. Frau Dahl, die Doro von klein auf kannte, wußte es besser. Doros Denken war nicht von literarischen Witzeleien beeinflußt.

Frau Dahl saß mit schwachem Kreuz in sich zusammengerutscht. Der goldene Anhänger baumelte zwischen ihren Knien. Ihr schwirrte es im Begriffsvermögen. Inzwischen war Nat wieder mobil und sprach von etwas ihr Unergründlichem, doch daß der ein kluger Kopf war, merkte man sofort. Wahrscheinlich war alles, was damals den Juden angetan worden war, aus purem Neid über deren geistige Überlegenheit geschehen. Aus schierem Neid. Frau Dahl genoß es dabeizusein. Merkwürdig aber, daß auch der Rittmeister Sanft eingeladen worden war. Er saß auf dem Sofa neben Felizitas, von der Frau Dahl eigentlich erwartet hätte, daß sie sich mit dem Alkohol etwas mehr zurückhielte. Aber Felizitas schob Benno sofort ihr leeres Bowlenglas unter den Schöpflöffel, kaum daß er Anstalten zum Einschenken machte. Der Rittmeister war heute in Zivil, dunkelgrauer Anzug mit feinstem Nadelstreifen, silbergrauer Schlips mit schwarz durchwirktem Karomuster, in sich gemustertes weißes Hemd. Ein bißchen mehr Farbenbeherztheit hätte sie ihm schon zugetraut. Er sagte: Allmählich haben wir uns lange genug auf die Brust geschlagen und in bar bezahlt. So im Profil sah er Goswin ähnlich. Das war ihr früher nie aufgefallen. Er roch sogar wie Goswin, der wegen seines Haarproblems ein Präparat benutzte, das nach faulen Eiern stank. Und die Schuppen blieben doch. Er machte eine schiebende Kopfbewegung in ihre Richtung und fragte: Na, wie geht's? Frau Dahl sah, daß es tatsächlich Goswin war: Da bin ich überfragt, antwortete sie. Man konnte nicht vorsichtig genug sein. Da quetschte sie lieber ein paar Worte über das Bowlenglas mit dem grünen Glashenkel in Felizitas' Hand aus: Daß so etwas Zerbrechliches den Krieg überlebt hatte! Sie hörte sich stammeln und drucksen. Es klang jammervoll. So hatte sie selbst als junge Person ihre krummgebeugten, weißhaarigen Tanten reden hören. Zaudernd, nach Worten suchend, Pausen einlegend, wo keine Pausen hingehörten, bei Widerspruch sofort verstummend. Ob Frau Dahl wohl bitte, bat Felizitas, das Klopfen auf den Boden mit dem Stock seinlassen würde. Dann entschuldigte sie sich. Die kaputten Nerven. Man hatte zuviel durchgemacht. Mit dem Treck bei minus 20 Grad. Steckschuß in der linken Gesäßbacke. Aber sie wolle nicht damit anfangen, schon gar nicht hier und heute. Dann lieber die frühen Jahre, schön ist die Jugendzeit, sie kommt, sie kommt nicht mehr, sie kehrt nicht wieder her! Felizitas war in Gesang ausgebrochen. Ach, Klärchen, weißt du denn nicht mehr? In kniefreien Röcken haben wir Charleston getanzt. Ja, Silke, da staunst du. Damals waren wir emanzipiert, damals haben wir mitargumentiert. Nietzsche, weißt du noch, Klärchen: Werde, wer du bist! Frau

Dahl kam es vor, als schwebe über Felizitas' greisem Madonnenscheitel ein Heiligenschein der Verzückung. Wedekinds *Frühlingserwachen* hätten sie zitiert! Die neue Erotik hätten sie gefeiert! Die sogenannte Ehe im Kreise hätten sie mit Ludwig, Goswin und noch einem Ehepaar, dessen Name Felizitas auf der Zunge lag, praktizieren wollen, allerdings sei es dann nur beim Knutschen geblieben, weil Ludwig es nicht ertragen konnte, sein Klärchen, seinen kleinen Schuschu in den Armen eines anderen zu wissen. Felizitas leerte ihr Glas mit zurückgelehntem Kopf. Dann, aufatmend: Denk nur nicht, Doro, glaube nur nicht, Silke, daß wir schon immer so tutterige alte Tanten waren. Felizitas erinnerte sich an alles, Frau Dahl an nichts. Ja, und dann seien die Kinder gekommen und hätten sie mit ihren Bedürfnissen in die hinteren Reihen gedrückt. Aber vielleicht sei das nicht mal das Schlechteste gewesen. Die weiblichen Talente lagen vielleicht weniger im Philosophischen. Es sei ja auch schließlich gehupft wie gesprungen, ob dieser Amerikaner mit dem französischen Namen, Thoreau, *in* die Freiheit und Dostojewski *vor* der Freiheit fliehen wollte. Denn was war schon Freiheit? Relativ wie alles andere. Da war es doch wohl wichtiger zu wissen, wie man ein Krabbensoufflé vor dem Fallen bewahrte. Oder wie man eine Quetschung behandelte. Frau Dahl konnte nur über ihre verwandelte Schwester staunen. Und dann erinnerte die sich sogar noch an den Namen des dritten Ehepaars im erfolglos versuchten Kreis der Lust: Viereck! Otto und Irene Viereck! Irene die Sirene! Und auch an einen Abend erinnerte sie sich, als sehr viel geschwoft worden war. Da hatte Frau Dahl, so Anfang Zwanzig, langbeinig, schmalhüftig, mit dunkelblondem Krauskopf, ihr zügig geleertes Glas über die Schulter in den Kamin geworfen, sei auf den nächsten Tisch gesprungen und hätte Krakowiak getanzt. Nun war Frau Dahl wirklich sprachlos.

Doro lächelte nachsichtig, zündete sich eine Zigarette an und paffte los. Hör doch auf mit dem Quatsch, fuhr Ulrike ihre Tochter an. Die hatte die Antwort parat: Ich rauche gern. Na dann, sagte Ulrike, viel Vergnügen. Hoffentlich stirbst du auch gern am Lungenkrebs. Aber uns darfst du damit verschonen. Man sah Ulrike an, daß sie erledigt war. Sie setzte sich neben Frau Dahl und klagte, sie habe schlecht geschlafen, die halbe Nacht habe Doro CDs gespielt. Frau Dahl wagte nicht zu fragen, was das für ein Spiel sei, das man allein nachts spielte. Ulrike sagte bedauernd, daß die Tischdecke mit dem Erntemotiv, an der sie stickte, nun doch nicht zur Zeit fertig geworden sei, doch hoffe sie, daß der Tisch mit den grünen, zu Fächern gefalteten Servietten, die in jedem Glas steckten, und mit den antiken Messerbänkchen auch so recht hübsch aussähe. Wenn das heute überstanden sei, kämen auch schon die Weihnachtsvorbereitungen ran. Da hätte sie wieder dreiundzwanzig Päckchen zu packen, von den einundfünfzig Grußkarten nicht erst zu reden. Eva mache ihre Grußkarten selbst, sie male auf Samt. Na schön. Dazu habe ich einfach nicht die Zeit. Omi, was starrst du denn Onkel Goswin an, als ob er der Weihnachtsmann sei? Übrigens können wir essen, das Essen steht auf dem Tisch. Das Geschirr mit dem Goldrand darf nicht in die Maschine, die Weingläser auch nicht, da brechen die Stiele. Das muß alles im Becken abgewaschen werden. Wenn ich mich nur nicht so zerschlagen fühlte, so pflaumenweich! Nicht mit den Fingern, Doro! Mit der Gabel rollt sich der Schinken ganz leicht, wenn du schon an meiner kalten Platte herumstochern mußt. Frau Dahl kam es vor, als spräche Ulrike nicht zu ihr, sondern rede mit sich selbst: Dieser Schlager, den Doro dauernd spielte, »I hope to die before I get old« ging der, aber wann fühle man sich denn alt genug zum Sterben? Tante Lizzi und Onkel Goswin zum Beispiel gäben überhaupt keinen Hinweis auf solches Verlangen. Die wollten nächstes Jahr nach den Kanaren. Die Kanaren, das würde Benno und ihr, Ulrike, auch mal guttun. Also, darf ich bitten? Es ist angerichtet. Ein Glück, daß Rudis Lebensgefährtin ausfällt, bei dem, was die alles in sich hineinstopfen kann. Die beiden haben sich zerstritten, lebenslänglich, hat Rudi gesagt.

Ulrike stand auf und löste damit ein allgemeines Sesselrücken und -schaben aus, das Frau Dahl beunruhigte, wie jeder Lärm. Aber der Eßtisch sah dann wirklich so prächtig aus, wie Ulrike gehofft hatte. Bei Kerzenlicht türmten sich auf Platten und Tellern Würste und Geselchtes, Räucher- und Bratfische, eine ganze United Nations von Käsesorten, sogar ein Beefsteak Tartar war da, aus dessen Mitte das Eidotter stierte wie das einzige, runde Auge des schnell erzürnbaren Riesen Zyklop. Frau Dahl wunderte sich: Was war los? War heute Kaisers Geburtstag?

Sie kam neben den kompakten, rosigen Herrn in der grünen Lodenjacke zu sitzen, der an sein Glas klopfte, den lieben, spendablen Gastgebern dankte und beredt fortfuhr, den Zusammenbruch des Sozialismus zu preisen, der die alten Werte des Christentums wiedergebracht und neu beleuchtet habe. Das klang schön, fand Frau Dahl. Aber Nat ließ in bedauerndem Kopfschütteln das Licht des Lüsters auf der kahlen Stelle auf seinem Schädel tanzen. Bisher habe es weder das eine noch das andere gegeben. Die Verbrechen, die im Namen des Sozialismus und im Namen des Christentums begangen worden seien und begangen würden, nicht zu vergessen die Verbrechen, die im Namen der Demokratie begangen würden, gingen auf keine Kuhhaut. Da würde sich Lincoln im Grabe rumdrehen. Desgleichen Marx, Engels und Jesus. Wolle Herr Brüderle Beispiele?

Der winkte entsetzt ab und langte sich ein Stück vom Geselchten. Von Marx ging es anläßlich einer Ausstellung im Haus der Kunst zu ästhetischen Strukturproblemen, von Vera bespöttelt, und von da zu einem unaufgeklärten Mordfall in der Nachbarschaft. Silke pochte auf Rattengift. Im Schnaps, das schmecke ein Säufer nicht durch. Er solle die Frau ja jahrelang malträtiert haben. Benno kam mit dem Autounfall auf der Straße nach Passau, die viel zu eng zwischen Flußufer und Bahndamm gequetscht lag. Die Donau floß dort breit. Besonders gefährlich bei Nebel. Dabei sei dann auch der Kronmaier umgekommen. Die Brust vom Autoblech durchschnitten wie bei einem Hähnchen vom Grill. Trotz Sitzgurt. Die Beifahrerin, die Stanzi, die Putzfrau von Possets, die der Kronmaier bis nach Roßegg hatte mitnehmen wollen, war auch tot. Die genaue Todesursache ließ sich nicht feststellen, denn das Auto sei völlig ausgebrannt, die Stanzi verglüht. Und ich, dachte Frau Dahl entsetzt, lebe immer noch. Durch Zufall in keinem Frontalzusammenstoß verpufft. Am Leben durch eine Kette von Zufälligkeiten, die einem das Schicksal bestimmten.

Oder war alles im voraus bis aufs kleinste, bis auf jede Handbewegung, jedes ausgefallene Haar ausgeklügelt? Sie schob ihr leeres Glas in Richtung von Bennos Blickfeld, aber der war jetzt schon bei dem passionierten Engagement des Pfarrers anläßlich des kronmaierischen Begräbnisses angekommen. Im Vergleich mit der sehr viel kürzeren, geradezu dürftigen Liturgie anläßlich des Todes der alten Frau Abzug sei ihm das beinahe unangenehm aufgefallen. Das sei, meldete sich die Kürbisch, deren fliederfarbener Pullover mit Ulrikes fliederfarbenem Tischtuch zum unzertrennlichen Eins wurde, so auch ganz richtig gewesen. Der Herr Studienrat habe der Geistlichkeit hohe Spenden zukommen lassen. Sogar ein Ölgemälde für die Sakristei, das den heiligen Augustus darstelle, habe er noch zu Lebzeiten der Kirche vermacht, wogegen die alte Frau Abzug nie auch nur einen Pfennig herausgerückt habe. Die Kirche zu unterstützen sei nun mal die erste Bürgerpflicht. Der Herr Studienrat habe sein Begräbnis verdient, fand die Kürbisch immer aufgeregter. Sie habe die allgemein grassierende Kritik an Herrn Pfarrer Morgenroth dicke, rief sie, gebürtige Chemnitzerin, als die sie sich vorgestellt hatte. Zum Glück hätte sie sich schon vorher das todschicke, schwarze Kostüm gekauft, als es hieß, daß Frau Austermaier an Krebs sterben würde. Man müsse sich parat halten. Frau Dahl hätte wetten können, daß sie ein Seitenblick dieser Schwadroneurin streifte.

Und jetzt war Frau Dahl auch noch die Schillerlocke, die sie für die Katze in ihr Taschentuch gewickelt hatte, unter den Tisch gefallen. Mit der Fußspitze danach zu angeln blieb erfolglos. Zuhören mochte sie nicht mehr, das wogte und ebbte ihr in den Ohren, aber einfach abstellen konnte sie auch nicht. Links von ihr sagte jemand: Sie erniedrigen das Argument zur persönlichen Attacke! Rechts sprachen Silke und Ekkehard über Besteckmuster. Links sagte Herr Brüderle, daß ihm die Meinung des Finanzministers über Kapitalanlagen im Ausland schnurz sei. Rechts sagte Fräulein Kürbisch: Ich mach's mit Bätersilie. Links erklärte Nat Doro den Sinn der Abstraktion im Gegensatz zum Konkretum. Ein Baum, das sei eine Abstraktion. Einen Baum gäbe es überhaupt gar nicht. Es gäbe nur eine Eiche, eine Buche, eine Kastanie, aber auch dieser Begriff bliebe abstrakt, denn die Frage sei dann immer noch, welche Buche, welche Kastanie? Erst dann habe man ein Konkretum. Doro war begeistert. Sonst würde hier ja immer nur von spießigen Themen gesprochen. Auch das sei notwendig, sagte Nat. Rechts suckelte Fräulein Kürbisch an einem Aalschwanz, zufrieden, da meinungslos. Links neigte Benno zu Rückziehern. Rechts, Herr Dr. Brüderle, nie, auch wenn er im Unrecht war. Links beschwor Ulrike: Nun eßt doch endlich, es ist doch genug da, wir wollen doch dann nicht wochenlang Reste essen. Am fernen Ende des Tisches nannte Goswin Ludwigs jüngeren Bruder einen Plebejer, und Benno wunderte sich: Onkel Eberhard? Für Onkel Goswin sei wohl jeder Sozialdemokrat ein Plebejer. Dann machte Benno eine Anspielung auf die Nazizeit. Goswin schnappte fast über. Er? Nazi? Direkt zum Piepen. Deutschnational, wie auch Ludwig gewesen war, und dazu stünde er auch noch heute.

Das erinnerte Nat an eine, wie er sagte, gebrüllte Auseinandersetzung mit Paul, seinem Sohn aus erster Ehe, die er freudig weit ausholend zum besten gab: Paul, auf einem Besuch bei ihnen in Portugal – das war wann? Vor zehn Jahren? Vera, wann war Paul bei uns? – also jedenfalls hätte sich Paul erst mal in ihren zu der Zeit einzig bequemen Sessel gesetzt und sich fußspitzenwippend geäußert, es bestände im Leben Nats eine ihm, Paul, unerklärliche Diskrepanz. Von Politik möge er nicht viel verstehen, noch interessiere er sich sehr dafür, aber bekanntlich sei Nat Vizepräsident bei einer Firma gewesen, die einen Haufen Zaster gemacht habe. Indem sie, wie jede andere Firma, Arbeitskräfte ausbeutete, stimmt's, oder hab' ich recht? Und nun verbrächte der liebe Dad seinen frühzeitigen Ruhestand in einer Luxusvilla in Portugal. Und ließe den lieben Gott 'nen guten Mann sein. Und erhebe gleichzeitig Anspruch auf linke, ja radikal linke Überzeugungen. Es tat Paul leid, aber er könne das nur als Heuchelei bezeichnen. Sollten Vera und der liebe Dad nicht lieber in Kuba bei der Ernte helfen, als sich in Portugal zu sonnen? – Da habe er, sagte Nat, erst mal Knallkopp! gebrüllt, dann aber sei er, wenn schon nicht auf Adam und Eva, so doch auf Marx und Engels zurückgegangen, also Marx, der sein *Kapital* nur schreiben konnte, weil ihn Engels, ein reicher Spinnereifabrikant, ein Kapitalist also, finanziell unterstützt habe, *get it? See what I mean?* Marx würde als erster einen Vulgär-Marxismus verpönt haben. Castro, Lenin, Trotzki, Kautsky, Bucharin, Mao, Ho, Stalin, Marx, Engels, nicht ein einziger von ihnen sei aus dem Proletariat gekommen. Oder habe bei der Ernte geholfen. Als amerikanischer Geschäftsmann müsse er für Nixon stimmen? Oder als erklärter Linker Kartoffeln in Maine anpflanzen? Dergleichen Unsinn ließe sich Paul von seiner Mutter einreden, die wie immer Unfrieden stiften ginge, wozu Paul gegrollt habe: Bitte laß Mom aus dem Spiel. Das habe Nat mit dem größten Vergnügen getan. Er habe nur Klarheit in Pauls Kopf schaffen und ihm die Rolle des einzelnen verdeutlichen wollen. Der säße nämlich im System gefangen und käme da lebendig so leicht nicht wieder raus. Als die Weatherman-Bewegung in Amerika die Klos im Senat sprengte, habe das vielleicht Humor bewiesen, aber eine Volksbewegung rufe so etwas nicht hervor. Darauf Paul: Okay, okay. Aber deshalb verstehe er Nats und Veras Begeisterung für den Sozialismus noch lange nicht. Der sei doch Scheiße. Wenn nicht, warum lebten sie dann nicht in Rußland? Weil das, habe ihm Nat geantwortet, dort der mieseste Staatskapitalismus sei, ein verluderter Polizeistaat sei das. Darauf Paul: Na schön. Davon habe er auch schon was läuten hören. Wo aber, bitte, gäbe es dann diesen echten, diesen hochkarätigen Sozialismus? Da habe er, Nat, den Fehler gemacht, feierlich zu werden: In unserem Erkenntnisvermögen. Das Vorbild lebe in der Notwendigkeit! Und die würde sich durchsetzen. Nicht nur bei irgendeiner Partei oder einer bestimmten Gesellschaftsschicht. Nein, bei allen miteinander müsse die Erkenntnis der bestehenden Möglichkeiten Wurzel fassen wie Ausgesätes nach dem Regen! Das sei für Paul zuviel gewesen. Dad! habe er herausgeschrien, das ist doch die reinste Utopie! Sorry, aber er brauche ein lebendes Beispiel. Keine Luftschlösser, wenn auch noch so langatmig beschrieben. Ausgesätes! Regen! Und dann sei Pauls Lieblingsbemerkung, mit der er auch den hartgesottensten Opponenten zur Strecke brachte, gefallen: Scheinbar habe ich da an einen wunden Punkt gerührt? Nat habe: *Smart ass!* gebrüllt, zu mehr sei er nicht fähig gewesen.

In der Gegenwart trank er seinen Wein aus und lachte. Frau Dahl hatte der langen Erzählung mühevoll zu folgen versucht und dabei den Kampf um die heruntergefallene Schillerlocke verloren. Die hatte inzwischen Emil samt dem Taschentuch gefressen. Da war nichts zu machen. Sie ließ sich Ulrikes liberal mit Alkohol durchwehten Fruchtsalat schmecken, aber dann kam ihr ein Stückchen Apfel in die falsche Kehle. Sie rang nach Luft und hustete einen unfeinen, röchelnden Husten, der ihr die Tränen in die Augen und die Zunge aus dem Mund trieb. Fast wäre sie vom Stuhl gefallen. Alle wurden still, hörten auf zu essen und sahen sie an, aller Augen auf ihr, während sie weiterhusten mußte und einen Sprühregen um sich verbreitete.

Wenn du nicht immer alles so schnell herunterschlingen würdest, sagte Ulrike mit unglücklichem Gesicht. Der Herr neben Frau Dahl stand auf und beklopfte sie mit experten Schlägen. Er sprach von einer Konzentrationsverminderung der Schluckmuskulatur, im höheren Alter nicht untypisch. Frau Dahl hoffte umsonst, der Boden täte sich unter ihr auf.

Am besten hinlegen, ausruhen, hieß es. Durch den nächtlichen Garten führten Benno und Vera sie fort, von beiden Seiten gestützt. Ihre beiden Kinder kamen ihr plötzlich fremd vor, so routiniert, so vernünftig, so abgebrüht, ein höflicher Herr um die Fünfzig und eine wendige ältere Dame. Als sie an dem regentropfenden Pampasgras vorbeikamen, raschelten Tiere in den Halmen. Das Gras war patschnaß, aber es regnete nicht. Zwischen dunklen Wolkenballen preschte der Mond dahin. Benno sagte etwas Aufmunterndes. Paß auf, sagte Vera, die Stufen sind glitschig.

Bei nicht herabgelassener Jalousie konnte Frau Dahl den kahlköpfigen Mond auch von ihrem Bett aus über den Bäumen dahinspritzen sehen. Strahlender Mond – der am Himmelszelt wohnt – sei mein Bote du! Woraus war das doch noch?

Nebenan hatten sie jetzt Musik angestellt. Dumpfes, drohendes Getöse, in dem auf die Distanz und bei geschlossenen Fenstern alle zarteren Töne verlorengingen. Wumm-bumm. So stellte Frau Dahl sich die Musik afrikanischer Krieger vor. Wumm-bumm. Sicherlich hatten sie den Teppich zurückgerollt und tanzten. Ob der Herr, der neben ihr gesessen hatte, mit Doro tanzte? Die hatte ihm nämlich Augen gemacht, dabei könnte er ihr Vater sein. So wie Vera, als sie in dem Alter war, mit Goswin geschäkert hatte, mehr war es hoffentlich nie gewesen. Goswin war damals ein schlagfertiger Anwalt und scharfkantiger Reserveoffizier gewesen, das weißblonde Haar straff zurückgekämmt, zuerst noch Monokel, dann Metallbrille. Er hatte aus der Bibel zitiert: Mit Nichten sollst du im Paradiese wandeln. Mitnichten hatte Ludwig das gerne gehört. Frau Dahl versuchte, sich zu erinnern, wer sonst noch nebenan gewesen war. Der Abend war an ihr vorbeigedonnert wie ein Fernlaster. Felizitas natürlich. Und merkwürdigerweise ein Kind, das später im Schlafzimmer verschwand. Als Kind hatte Felizitas zum Geburtstag eine Bonbonniere bekommen, in der die Pralinés, teils schokoladig, teils in buntem Stanniolpapier, jede in ihrem krausen Tütchen mundwässernd zu ihrer Bestimmung einluden. Felizitas hatte ihren Stielaugen machenden Schwestern die offene Schachtel unter die Nasen gehalten und sie gefragt: Welchen soll ich jetzt essen? Felizitas hatte schon früh entwickelt, was man heute scheinbar die neue Sachlichkeit nannte. Von der war in einem Fernsehprogramm die Rede gewesen, und das war bei Frau Dahl hängengeblieben, weil es so tüchtig und fähig und zeitgerecht geklungen hatte, so alles, was sie nicht war. Obwohl man eigentlich nur *neue* vor irgendeine alte Kamelle zu setzen brauchte, und schon klang es revolutionär. Als Goswin die sechzehnjährige Vera in die Oper und danach zu Kempinski ausgeführt hatte, war Felizitas nicht mitgegangen. Sie mochte den »Schreifritz« nicht, Weber nicht. Ludwig hatte getobt. Oper ja, Kempinski nein! Noch dazu mit Lippenstift und Wimperntusche! Erst Cousin Arno, dann Onkel Goswin, und so die Familie durch, hatte er gebrüllt. Aber da kannte Frau Dahl ihre Tochter besser. Mit Goswin war nichts gewesen, den hatte Verachen nur an der Nase herumgeführt. Dafür ließe sich Frau Dahl notwendigerweise ans Kreuz schlagen.

Nebenan war ihr heute abend irgend etwas Peinliches passiert, aber was? Es war zur Hintertür ihres Gedächtnisses entschlüpft. Ihre Beunruhigung wuchs wie ein Luftballon beim Aufpusten. Umsonst versuchte sie sich damit zu trösten, daß alles nie so schlimm war, wie man es sich vorstellte. Das meiste war schlimmer. Frau Dahl wischte sich die Augen. Wer auch da nebenan Rumba tanzte, der liebe Gott möge sie alle vor einem unerwünscht hohen Alter bewahren.

VERA UND NAT mußten vorzeitig abfahren. Es war ein Telegramm für Mr. and Mrs. Rosen gekommen. Vera hatte es Frau Dahl gezeigt: Damit du es auch glaubst. Denn eigentlich hätten sie Frau Dahls achtundachtzigsten Geburtstag mitfeiern wollen. Vera hielt ihr das Stück Papier so dicht unter die Nase, daß die Druckschrift vor ihren Augen verschwamm: Onkel Schaje war gestorben. Tante Raize, auch schon achtzig, bliebe verstört und hilfsbedürftig zurück. Also müssen wir nach New York, wie du siehst. Tut uns wirklich leid. Unlängst bist du so mißtrauisch geworden.

Nat, Gesprächsenthusiast, erzählte Frau Dahl, die aufmerksam verständnislos zuhörte, etwas über einen Lastenausgleich, der nun, wo es für ihn zu spät war, seinem Onkel Schaje nach langjährigen Bemühungen endlich zugekommen sei. Das Haus in den neuen Bundesländern habe Großvater Rosenzweig gehört. Um Anspruch zu stellen, mußte man beweisen, daß das Gebäude in Leipzig-Ötzsch, einstmalig Hugo-Preuß-Allee 56, später Adolf-Hitler-Allee, danach Ernst-Thälmann-Allee, inzwischen Kaiser-Wilhelm-Allee, von den Nazis und nicht von der DDR enteignet wurde. Aber beweise das mal!

Großvater Rosenzweig sei dafür keine Bescheinigung mit nach Birkenau gegeben worden. Nat sprach mit Frau Dahl immer, als kenne sie sich genau aus, sei völlig im Bilde. Nie mit jener ergebenen Erwartungslosigkeit, die sie bei anderen zu erwarten gelernt hatte. Sie rechnete ihm das hoch an. Nat und Vera saßen auf dem altrosa Sofa unter dem falschen Runge. Als die Mauer fiel, sagte Nat, habe Onkel Schaje den ganzen Mist wieder von vorne anfangen müssen.

Frau Dahl versuchte umsonst, sich zu erklären, welche Mauer da eingestürzt sein könne und bei wem. Zu fragen wagte sie nicht. Ihre Freude, die beiden vor sich auf dem Sofa sitzen zu haben, war wegen ihrer bevorstehenden Abreise so getrübt, daß sie schon wieder befürchtete, zu weinen. Nat solle weitererzählen, wimmerte sie.

Nat fing also willig, erfreut sogar, an. Er habe noch einen jüngeren Bruder, aber bei dem ginge alles daneben. Wenn man dem ein Paket schicke, ginge es verloren. Seine Frauen seien ihm eine nach der anderen weggestorben. Hochintelligent. Dabei chronisch in Geldverlegenheiten. Eine wandelnde Enzyklopädie, ein Ruheloser, der es bei keinem Job aushielt. Der an hohem Blutdruck und Depressionen litt. Er behauptete, schon als Kind im Wege gewesen zu sein. Mit seiner Existenz müsse er das Vergnügen der Eltern ausbaden. Nat konnte sich noch genau an den Tag erinnern, als sein Vater auf immer das Haus verließ, abhaute, die Tür hinter sich zuknallte. Nach einem Streit mit der Mutter am Mittagstisch, Kuddeln habe es gegeben, habe der Vater seinen noch vollen Teller zu Boden geworfen, Scherben und Stücke von Kuhmägen überall, und weg war er. Ab in die Schweiz. Ein Glück übrigens, denn in der Schule, wo er als Lehrer tätig war, hatte inzwischen schon die SA nach ihm gefragt. Später sei er nach New York emigriert. Nun bekam auch Nat feuchte Augen: Arme Ma! Ihre Wut sei selbstzerstörerisch gewesen. Als ein wohlmeinendes Familienmitglied väterlicherseits ihr Geld schickte, habe sie auf die Scheine gespuckt, sie dann in eine Schachtel gesteckt, die sie in eine größere Schachtel steckte, und habe dieses Verfahren mehrmals wiederholt, bis sie dem Empfänger, es müsse wohl Onkel Sami gewesen sein, ein Riesenpaket ihrer Verachtung habe zurückerstatten können. Als eine kleine, etwas korpulente Frau mit den dunkel schimmernden Augen der Menschen aus dem slawischen Europa, die in einem Kaufladen neun Stunden täglich Stoffe vom Ballen schnitt, kam sie in Nats Beschreibung zum Leben. Als sich die Jagd auf die Juden in Deutschland verschlimmerte, habe sie ihre Söhne dem Vater nachgeschickt. Dessen Lebenslage sei ohnehin zum Zerspringen verzweifelt gewesen. Zwar habe er in der Schweiz Literatur gelehrt, doch an den amerikanischen Schulen galten seine europäischen Anerkennungen nicht. In Amerika sei ihm sein Klumpfuß und sein damit verbundener, furchterregender Gang endgültig zum Schaden geworden. So etwas habe man bei der Arbeit nicht um sich gemocht. Als er endlich Büroarbeit in einem Krankenhaus gefunden hatte, habe man ihn schnell wieder mit der Begründung entlassen, er erschrecke die Patienten. Natürlich hätten sie versucht, auch die Mutter, die inzwischen nach Litauen gezogen war, zu sich zu holen. Aber da hätte der Krieg schon begonnen, und um nach New York zu gelangen, hätte sie über Moskau und Tokio fliegen müssen. Alle anderen Wege seien blockiert gewesen. Es hätte mindestens fünfzehnhundert Dollar gekostet, und wer hatte schon fünfzehnhundert Dollar? Fünfzehnhundert Dollar, das war damals ein Vermögen.

Wie alt ich da war? Sechzehn. Lou knappe fünfzehn. Wir waren zwei hungrige Lulatsche. Pa lebte von Salzheringen und Haferschleim, um sich Freizeit fürs Schreiben und Studieren leisten zu können. Lou ging zweimal die Woche zum Wohlfahrtspsychiater. Ich wohnte bei Pa in der Bronx und war Eiersortierer bei einer Firma in New Jersey, Molkereierzeugnisse, anderhalb Stunden Weg hin mit Bahn und Bus. Wie gesagt, Geld hatten wir wirklich keins. Die Briefe aus Litauen auf grauem, liniertem Papier, die mit immer dringenderen Bitten um Hilfe – denn ich muß hier so schnell wie möglich raus! – bei uns ankamen, hat Pa als wohl wieder mal ein bißchen hysterisch bezeichnet. In den amerikanischen Zeitungen stand kaum etwas über die Untaten der Nazis. Niemand schien sich für die Verfolgung der Juden zu interessieren, von Roosevelt abwärts. Ma wurde auf einem Transport nach Ravensbrück von SS-Sturmtruppen erschossen, als sie zu fliehen versuchte.

So Nat. Er hatte seine Mutter, seine Sprache, seine Freunde, die Kultur, in der er aufgewachsen war, verloren: Sein neues Leben sei wie eine Krankheit gewesen, gegen die es keine Medizin gab. Allein der Anblick New Yorks! Er habe geweint vor Wut und Verzweiflung. Es sei Lou gewesen, der ihm die Vorzüge ihrer Lage aufgezählt habe. Drei Eier zum Frühstück! Steak zum Abendbrot! Soviel Bananen, wie du willst! Und das Kino! Jedesmal zwei verschiedene Attraktionen hintereinander auf dieselbe Eintrittskarte. Man saß in der ersten Reihe und aß Popcorn, und wenn die Lampen noch einmal auf matt rosa abblendeten und dann sanft wie von Engelshand erloschen, konnte man sich alles noch mal von vorne ansehen. Ob Nat vielleicht schon die verschwärzte Mietskaserne zu Hause in Görlitz, die Teppichklopfstange im

Hinterhof, das gemeinsame Klo für sechs Parteien, die Sauren Flecke zu Mittag vergessen habe?

Solle er weitererzählen, fragte Nat, was von Frau Dahl mit heftigem Nicken beantwortet wurde.

Also. Als er damals täglich bei Morgengrauen den Weg von der Bronx nach Newark zu seiner Eiersortiererei antrat, abends die U-Bahn nach Manhattan nahm, weil er dort einen Kurs in Buchhaltung abschloß, und erst nach Mitternacht wieder zu Hause ankam, habe er sich in einem Dauerzustand des Halbschlafes befunden. An Sonnabenden habe er den Treffen der deutschsprachigen Gruppe *Unser Wort* beigewohnt. Das seien abtrünnige Trotzkisten gewesen, auch er, Nat, dazugehörig. Mit gestärktem politischen Bewußtsein habe er dann alle Pläne, Buchhalter zu werden, fallenlassen. Als Werkzeugmacher unter Arbeitern und als beredter Trommler für eine authentische Demokratie, im Gegensatz zur bestehenden sogenannten, habe er seine Mitarbeiter radikalisieren wollen. Denkste. Kaum einer habe ihm zugehört. Baseball, der neue Chevy, darum sei es gegangen! Dazu sei der Konkurrenzkampf besonders unter den älteren Arbeitern gezielt gemein gewesen. Dazu noch die Eintönigkeit der Arbeit. Acht Jahre habe er durchgehalten, habe mit abgebrochenen Drillbohrern und abgerutschten Feilen gekämpft. Dann habe eine Eignungsprüfung erheblich mehr Gabe auf intellektuellem Gebiet ergeben.

Noch heute mache er sich Vorwürfe wegen der Mutter. Die habe ein kurzes und schlechtes Leben gehabt. Schon auf ihren gemeinsamen Sonntagnachmittagsspaziergängen habe sie über ihr verfehltes Leben geklagt und gedroht, sich einen Strick zu nehmen. So ziemlich jeden Sonntag habe er das zu hören bekommen: Ich nehm' mir 'n Strick und häng' mich auf. Wenn er von der Schule nach Hause kam, habe er sich gegraust in der Erwartung, sie in der dunklen Ecke im Flur an dem Haken hängen zu sehen, der früher einmal den schweren Spiegel hielt, der dann mit anderem unnötigen Mobiliar verkauft wurde. Auf ihren Sonntagsspaziergängen habe die Mutter mit ihm gesprochen wie mit einem Erwachsenen. Wochentags habe sie ihn geohrfeigt wie einen dummen Jungen, wenn er freche Antworten gab oder den splitterigen Fußboden nicht zu ihrer Zufriedenheit aufgewischt hatte. Auf Sauberkeit hielt sie, da gab es kein Pardon. Schließlich lebten sie in Deutschland, dem kultiviertesten Land der Welt! Bach, Beethoven, Goethe, und überall Blumen vor den Fenstern! Arme Mutter.

Nun mußte Frau Dahl doch weinen. Auf zittrigen Beinen ließ sie sich von Vera auf das WC führen, wo sie die Tür hinter sich schloß und sich schwer auf das Klo mit dem Knopf für die schlechten Gerüche niederließ. Der kleine, fensterlose Raum war ihre Zuflucht bei Angst und Schrecken. In der rosa gekachelten Kapsel, wo noch Ludwigs Nachttopf, jetzt gefüllt mit künstlichen Blumen, auf dem Tank über dem Sitz stand, beruhigte sie sich. Den Nachttopf hatte Ludwig benutzt, wenn er bei nächtlichem Harndrang nicht erst die Prothese anschnallen wollte. Die Osterglocken und weißen Fresien aus Kunststoff waren ziemlich verstaubt und angegraut, aber Frau Dahl konnte sich nicht entschließen, das ganze Denkmal in der Mülltonne verschwinden zu lassen. Sie fühlte sich unpäßlich und blieb noch eine Zeitlang auf dem geöffneten Klosettdeckel sitzen, aber es geschah nichts. Wie konnte es auch, wo sie doch, wie sie erst jetzt bemerkte, den Rock nicht herauf, die Hose nicht heruntergezogen hatte. Es ging ihr aber schon wieder besser. Ein kurzer Schwächeanfall. Sie drückte auf den ovalen Knopf im

Klosettsitz, und mit einem sanften Sausen verbreitete sich der scharfsüße Geruch chemischer Läuterung.

Im Wohnzimmer saß Nat in eine uralte Zeitung vertieft, dafür erzählte jetzt Vera. Ob sich die Mutter noch an die Senhora Maria erinnern könne? Veras Hilfe im Haus in Portugal, sechzig Jahre alt. Von früh bis spät mit Besen und Schlappeimer, auch noch bei Goodhues in der Villa Lua Cheia, übers Wochenende dann die eigene Hausarbeit, dazu Holzhacken, Hühner, Wäsche im Fluß und immer geplagt vom Heimweh nach Sintra, wo sie noch Schwestern und Neffen hatte. Analphabetin, Vera hatte für sie die ihr diktierten, ans Herz greifenden Briefe (Wie geht es Euch? Mir geht es gut. Wie geht es Delfina?) nach Sintra geschrieben und vor dem Zukleben den ihr zugeschobenen 50-Escudo-Schein, also etwa fünfzig Pfennig, für die beiden Jungen beigelegt. Damit war Schluß. Senhora Maria sei im Frühling unerwartet an einer Herzattacke gestorben. Jetzt brauchte Vera ihr Taschentuch. Am Tag zuvor habe die Arme noch den Fußboden gebohnert, am folgenden Mittag lag sie in ihrem geblümten Hauskittel im offenen Sarg, das Gesicht gelb wie eine Zitrone, zu Füßen einen Kranz aus lila Plastikblumen, noch im Karton, denn er war nur gemietet und mußte an das Bestattungsinstitut zurückgegeben werden. Aus Gründen, die irgendwann praktisch gewesen sein mochten, an deren Anlaß sich aber nach all den Jahren niemand erinnern konnte, sei die Senhora Maria nur standesamtlich getraut gewesen. Wahrscheinlich sei für eine Hochzeit im Brautschleier kein Geld dagewesen. Jedenfalls habe sie nach dem Gesetz der katholischen Kirche vierzig Jahre in Sünde gelebt. Nat und Vera seien zum Begräbnis gefahren. Keine Glocke habe geläutet. Kein Seelsorger sei erschienen. In wahrer Todesstille habe die kleine Versammlung der Trauernden um die frischgeschaufelte Grube gestanden, auf die der lange Schatten des Kirchturms fiel wie ein verdammender Finger. Unter der priesterlichen Rache und der Peinlichkeit der Situation habe niemand gewagt, ein paar letzte Begleitworte zu sagen. Soviel für die christliche Geisteshaltung der Kirche! Wenn Vera außer sich war, zuckte ihr rechtes Augenlid. Die Senhora Maria sei gläubig gewesen! Oder zumindest abergläubisch! Eine rechtschaffende Frau! Ausgebeutet als Arbeitstier von ihrem Trunkenbold von einem Mann, ihrem Früchtchen von einem schielenden Sohn, genaugenommen sogar von ihr, Vera. Die beiden aushelfenden Totengräber, sonst Landarbeiter, hätten dann also nach einem letzten Zug an der Zigarette die Stummel ins Erdloch geworfen und den Sarg polternd und schwankend folgen lassen. In ein paar Minuten sei das Grab zugeschüttet gewesen, der Hügel mit den Spaten festgeklopft. Kurz nach Pfingsten war's wohl, meinte Vera. Am Frohen Leichnam war's.

Von einer Bestattung ging Vera gleich über zur nächsten. Kurz vor ihrem Abflug nach Deutschland habe ihr amerikanischer Freund, Harry Weinstein, die Asche seiner Frau Shirley ins Meer geworfen. Lungenkrebs. Starke Raucherin. Die Feier habe auf einem Felsenhang in einer wilden, von Gestrüpp durchwachsenen Gegend stattgefunden. In seiner zerknautschten Cordhose und der ausgebeulten grauen Strickjacke habe sich Harry am Felsenende gegen den wolkigen Himmel abgehoben und den Versammelten bekanntgegeben, es solle eine ungezwungene Beisetzung sein. Jemand habe den Kaddisch gelesen. Harry habe ein paar Worte für dear Shirley, die nie etwas von Formalitäten hielt, gesprochen. Dann habe er die Urne schwungvoll in die Tiefe geworfen, wo man sie im

Wasser aufklatschen hören konnte. Blumensträuße folgten. Doch damit nicht genug. Aus einem Beutel habe Harry nacheinander gezogen, was Shirley im Leben besonders erfreut hatte: eine Grammophonplatte, Mahlers Vierte, die lautlos durch die Luft segelte, bevor sie in der Tiefe verschwand; das Buch von der Kaplan über die Portugiesen folgte; eine geblümte Kaffeetasse mit Unterteller; ein Riegel Toblerone in Supergröße; ein Päckchen Gauloises; die Farbe Gelb, vertreten von einem Strauß Chrysanthemen; und schließlich habe sich Harry die Mütze vom Kopf gerissen und sie den anderen Sachen nachgeworfen. *Bye, bye, Shirley. See you later.*

Sie habe geheult, sagte Vera. Wegen dieses *See-you-later*, an das sie nicht glauben konnte und es doch so gerne getan hätte. An das nicht einmal dieser Harry geglaubt hatte. Frau Dahl war erschöpft von der Anstrengung, gleich zwei Begräbnissen hintereinander beiwohnen zu müssen, dazu natürlich mit dem Gedanken an das eigene. In einem Grab unter geädertem Marmor, im Frühjahr gerahmt von Stiefmütterchen, gelb und blau, die Benno in die feuchtschwarze Erde graben würde, im Herbst Chrysanthemen. Ihr Dasein war bescheiden gewesen, ihre Talente waren unerkannt geblieben, doch ihr Name, mit vergoldeten Buchstaben in Stein gemeißelt, würde bleiben, wenn schon niemand mehr sich an sie erinnerte. Gern würde Frau Dahl, wie in der Bach-Kantate, singen, Ich habe genug, doch etwas fehlte. Sie fand keine Worte dafür, und dann fand sie es doch, das Wort: Ruhe. Um die zu finden, mußte man wohl erst tot sein. Die würde man wohl erst in einem Grab finden, über das mit den Jahren der Löwenzahn wuchert und der Herbstwind braune Blätter verstreut, die Vergoldung der Inschrift vom Wetter ausgewaschen, der Glanz des Marmors verschwunden und eine stille, weiße Wolke hoch am Himmel.

Und dann war es plötzlich soweit. Gleichzeitig sahen Vera und Nat auf ihre Uhren: Wir müssen. Vera versprach eine Postkarte aus New York. Frau Dahl wurde umarmt und geküßt. Erst erschien Veras breitwangiges Gesicht mit den tiefen Nasenfurchen, dann Nats von der Sonne fleckig verbrannter Schädel und seine schwarzgerandete Brille, konservativ im Vergleich zu der leichtsinnig randlosen, die Benno neuerdings beim Lesen trug. Also mach's gut, Mamsie. Wir kommen bald wieder. Mach's gut.

Draußen hupte Benno zur Eile. Frau Dahl war wieder allein. Mit ihr zurückgeblieben waren ein feuchtes Taschentuch auf dem Sofa und zwei Zehnpfennigstücke auf dem Rauchtisch. Mach's gut. So wie Frau Dahl sich fühlte, fühlte sich eine Fliege mit ausgerissenen Flügeln. Sie schlurfte ans Fenster, aber da war niemand mehr zu sehen.

Was Nat erzählt hatte, war fast schon wieder durch ihr brüchiges Gehirn gesickert, doch der Umriß war geblieben: der Jude Nat. Ein Bild tauchte auf: Nach einem Bombenangriff auf Berlin war sie damit beschäftigt, die Scherben des Küchenfensters, bis dahin das letzte noch heile, wegzuschaufeln und Pappe vor die windige Öffnung zu nageln, durch die der Schnee auf den Küchentisch trieb. Dabei war ihr ein Nagel auf die Straße gefallen. Natürlich gab es keine Nägel zu kaufen. Eisen und Stahl wurden für den Krieg gebraucht. Also hatte sie sich vorgebeugt und nach unten gespäht, hoffnungslos wie es war, vom zweiten Stockwerk einen Nagel im Schnee auszumachen. Im gleichen Augenblick war unten die Tür des Kellereingangs aufgeflogen. Heraus kroch auf allen vieren ein alter Mann. Der war ein Häufchen Elend. Ihm folgte ein blankgeputzter Stiefel, dann die zu ihm gehörige Person. Auf, Jude!, hatte der Sicherheitspolizist gebrüllt. Darauf hatte der weißhaarige Alte versucht, sich aufzurichten, doch der Stiefel traf ihn mit neuer Wucht ins Kreuz, so daß er aufs Gesicht fiel: Auf, Jude!, und so hatte sich das Paar auf ein am Straßenrand geparktes Auto zubewegt. Im frischen Schnee blieb eine fächerartige Kriechspur zurück, die Autotür knallte zu. Weg. Frau Dahl versteinert am Küchenfenster.

Was hätte sie tun sollen? Dem Nazi die Bratpfanne an den Kopf werfen? Felizitas hatte später gesagt, der hätte sie doch gleich mitgenommen, aber Lizzie war Verstandesmensch. Als Frau Dahl sich mal als Augenmensch bezeichnet hatte, wobei es sich um den Blick vom Kopernikusturm in Frauenburg handelte, von dem aus man auf Storchennester, in denen gebrütet wurde, von oben und nicht wie sonst immer von unten, und auf das Meer, silbrig mauve in der Abendsonne, blicken konnte, hatte Felizitas gelächelt: Sie selbst sei Verstandesmensch.

DIE KATZE hatte sich wieder bei Frau Dahl eingeschmeichelt. Sie hatte draußen so eindringlich gemaunzt, daß nichts blieb, als sie hereinzulassen. Erst rieb sie sich an Frau Dahls Beinen, dann an ihrem Stock, womit sie sie fast zu Fall gebracht hätte. Auf den Schoß genommen, schnurrte sie wie aufgezogen. Sie gehörte Kronmaiers, die sie aber in der Überzeugung, Katzen seien unabhängig, kaum beachteten. Das Tierchen war mager und hungrig, außerdem naß, denn es regnete schon wieder. Seitdem Frau Dahl der kronmaierschen Katze Wiener Würstchen zu fressen gegeben hatte, kam sie täglich. Sie schlief im Wäschekorb, der im Flurschrank stand. Bei angelehnter Schranktür hatten weder Benno noch Ulrike, noch Frau Placka etwas davon gemerkt. Bei schönem Wetter trank die Katze im Garten Wasser aus der Gießkanne, wobei sie sich auf die Hinterbeine stellte. Frau Dahl verhielt sich stumm über die Besuche der Katze.

Das Schlimmste am Altwerden war, daß man sich eigentlich nicht alt fühlte. Man war immer noch ein Kind. Ein uraltes, kaputtes Kind mit brüchigen Knochen und versagendem Gedächtnis, aber eben doch noch ein Kind.

Und was gab es im Garten? Unter Ludwigs Kastanie lagen braune, teils schon verschrumpelte Früchte und ihre stacheligen Schalen. Auf dem Fensterbrett kroch eine halb erfrorene Biene. Frau Dahl setzte das Opernglas an die Augen. In dem efeuumrankten Vorkriegshaus saß wieder der Mann neben der Topfpalme. Der Store war noch immer in der Reinigung. Morgens las er beim Trinken die Zeitung. Ob es der Lokalanzeiger war, ließ sich nicht erkennen. Auch nicht, was auf der Flasche stand, aus der er sich in ein rundliches Schnapsglas eingoß. Der Regen hatte jetzt aufgehört.

Ins Wohnzimmer konnte Frau Dahl heute nicht. Dort waren Benno und Ulrike damit beschäftigt, den Teppichboden zu reinigen. Es stank fürchterlich nach Karbol und Flieder. Überall Aktivität. Kaum war die Sonne herausgekommen, da wurde bei Kronmaiers Holz gehackt. Danach wurden Teppiche geklopft. Nur die Ameisen, die den ganzen Sommer lang unter der Tanne ihre Wege gezogen hatten, waren nicht mehr rührig. Auch mit dem Opernglas konnte Frau Dahl keine Bewegung ihrer Truppen entdecken. An einem so schönen Morgen lagen die Stunden wie ein ausgebreiteter Fächer vor ihr. Spazieren müßte man gehen! Auf den Stock gestützt schlurfte sie vom

Schlafzimmer ins Vestibül und wieder ins Schlafzimmer zurück. Dann dasselbe noch einmal. In Ostpreußen hatten die Alten, wenn sie zum Schluß schiefbeinig am Stock schlürften, einen Vers:

Ete, trinke, slupe,

Langsam jehn und pupe.

Frau Dahl erschien das passend. Sie machte kleine, kurze, stockende Schritte und kam noch einmal im Vestibül an. Dort blickte man vom Fenster auf das verschlossene Gartentor. Daneben stand gewöhnlich die Mülltonne in ihrem dafür zementierten Fach, das zum Garten und auch zur Straße je eine Tür hatte. Aber heute stand die Tonne auf der Straße. Die Müllmänner hatten sie schon geleert, aber sie hatten sie nicht in ihr Fach zurückgestellt. Das war leer, beide Türen offen. Da könnte man durch!

Auch die Tür zum Wohnzimmer stand offen. Dort rutschten Benno und Ulrike auf den Knien und rieben den Teppich ab. Dabei sagte Ulrike, und alle paar Worte kamen im Rhythmus mit der Reiberei: Ich habe ihr die Zehennägel geschnitten. Mal mußte das ja sein. Der kleine Zehnagel rechts ist verkrüppelt, da kommt man kaum ran. Das artet dann jedesmal in einen Kampf aus. Rudi sagt, das kann noch lange so weitergehen.

Wir werden schon eine Lösung finden, sagte Benno.

Als Vera hier war, sagte Ulrike, konnte man den Alkohol schon von weitem an ihr riechen. Als ob Vera nicht wüßte, daß sie davon nur noch mehr spinnt.

Vera sagt –

Vera, Vera. Vera lebt in Portugal.

Aber Frau Placka –

Ach, die Placka. Die Placka wird alt, die kann auch nicht mehr.

In einem Heim kommt sie um, sagte Benno entschieden.

Aber ich darf hier umkommen! schrie Ulrike und gab das Teppichreiben auf. Lachte oder weinte sie? Es klang wohl mehr wie Schluchzen.

Frau Dahl war bestürzt. Um wen ging das? Sprachen die Kinder von ihr? Sie schlurfte ins Schlafzimmer zurück und setzte sich erst einmal auf ihr Bett. Mutlos. War sie nur wieder übertrieben mißtrauisch, wie Irma ihr das dauernd vorbetete? In der Stille ihrer vier Wände rang sie mit der niederschmetternden Erkenntnis, daß sie, für wen auch immer, nur noch eine Last sein konnte.

Am Nachmittag schien immer noch die Sonne. Mit dem Fernglas konnte Frau Dahl den Igel genau sehen. Er sonnte sich neben der Bank, die Benno um die Rotbuche gezimmert hatte. Seinen ziemlich kräftigen Schwanz hatte er eingezogen. Die Kinder hatten ihm eine Schüssel Milch hingestellt, das freute Frau Dahl.

Den Nachmittagszug hörte man schon von weitem kommen. Er bullerte heran, fuhr mit einem dumpfen, hohlen Schall durch den Tunnel und verklang dann in der Ferne. Es war schon wieder ganz dunkel. Im Wohnzimmer brannte die Lampe, die neue mit einer Rüsche am Lampenschirm, oder war die schon immer da? Auf Stangenbeinen zockelte Frau Dahl am Klavier vorbei bis ins Vestibül. Diese Kurzatmigkeit wurde schlimmer! Im Vestibül konnte sie den Lichtschalter nicht finden, konnte sich auch nicht erinnern, warum sie gekommen war. Also zurück ins Wohnzimmer. Daß sie dort die Rosensträuße im Gardinenmuster zählte, brachte den Tag auch nicht zu Ende. Ein fader Abend ohne Anhaltspunkte. Wenn sie genau hinhörte, glaubte sie, eine Katze miauen zu hören. Es schien aus dem Wäscheschrank zu kommen.

Der Schlüssel dazu hing in der Küche am Schlüsselbrett, eine Laubsägearbeit von Doro. Frau Dahl tastete sich den Weg durch das dunkle Vestibül in die Küche und fand dort sofort den Lichtschalter neben der Tür. Aber kaum hatte sie den Schlüssel ergriffen, da rutschte er ihr aus der Hand und verschwand in dem Korb mit Handwerkszeug, der unter dem Schlüsselbrett stand. Da war er dann endgültig weg.

Zurück ins Wohnzimmer. Dort horchte sie, wie die Zeit verrann: schleichend. Pomadig. Mit jedem Knacken der Anrichte etwa das Drittel einer Sekunde. Übrigens war die Anrichte ein Musterbeispiel an Geschmacklosigkeit, aber sie war nun mal von jeher dagewesen. Gern würde Frau Dahl jetzt mit Ludwig oder Irma oder Alma oder sonst jemand aus der Generation, die noch *Gold und Silber lieb' ich sehr* gesungen hatte, ein Weinchen trinken. Wo waren die eigentlich alle? Da war doch, wer war es doch noch, gestorben. Als einzige Gesellschaft blieb der Säufer neben der Topfpalme im Haus hinter dem Gartenzaun. Aber als sie durchs Opernglas spionierte, hing drüben wieder der Store vor dem erleuchteten Fenster und behinderte die Sicht mit einem Muster von Schwänen im Schilf.

Frau Dahl wappnete sich mit dem viel zitierten gesunden Menschenverstand gegen die aufsteigende Enttäuschung. Was sollte diese Faszination mit dem Opernglas! So etwas war doch kindisch. Wenn nicht schon krankhaft. Und auf ihre alten Tage. Andererseits stellte das Opernglas die Geschehnisse wie auf eine Bühne. Dort nahm man sie wahr. Denn wer glaubte, man nähme immer wahr, was man sah, irrte sich.

Westwärts war der Nachthimmel grünlich von der Reklame der Tankstelle erleuchtet, für die Ludwig eine Konzession von der AGIP bekommen hatte. Ludwig war ganz verliebt in den schwarzen, sechsbeinigen, feuerspeienden Hund der AGIP-Reklame für die Großtankstelle/Reifendienst Ludwig Dahl gewesen. Vulkanisieranstalt für Lastwagen auch über fünf Tonnen. Der Tankwart war später verrückt geworden, dabei war er so ein ordentlicher Mann. Er hielt sich für einen Hund, schnüffelte überall herum und hob das Bein an Bäumen und Laternenpfählen.

Wenn Frau Dahl so in die Tiefe des Nachthimmels blickte, ging ihr alles durcheinander: Hochzeiten, Bombenangriffe, angebrannte Mahlzeiten, Revolutionen, Mozartkugeln, falsche Versprechen. Weit entfernt bellte ein Hund. Nebenan antwortete Emil.

Und wie wäre es, wenn sie eine Patience legte? Auf dem Klavier lag schon seit wer weiß wann ein Päckchen Spielkarten. Aber dann wurde daraus auch nichts. Der Kreuz König hatte Ähnlichkeit mit dem Rittmeister, als der eine Zeitlang so einen gezwirbelten Schnurrbart über dem Genießermund trug, aber sonst kam Frau Dahl mit den Karten nicht zurecht.

Doro brachte das Abendbrot. Ach nö, Omi, sagte sie, als sie die überall verstreuten Karten sah. Dann kam Frau Placka, um Frau Dahl ins Bett zu helfen. Frau Plackas »Oller« hatte ins Krankenhaus gemußt, er bekam einen Herzschrittmacher. Da bangte die Placka doch wirklich mit feuchten Augen um diesen Kerl, der sie, als er's noch konnte, verprügelt hatte. Mehrmals war sie mit blaugeschlagenem Gesicht gekommen, einmal hinkte sie. Aber so sind wir Frauen. Nee, nee, Tante Dahl, widersprach die Placka, vergessen tut man so was deshalb noch lange nich. Nur, wie er da nu liegt wie 'n umjekippter Blumentop –

Aber dann wurde sie wieder streitlüstern: Als der Krankenwagen kam, habe dieses Aas, die Eholzer, nur gefeixt. Die hatte nur auf so etwas gewartet. Seit Tell mehrmals gegen das Auto der Eholzers gepinkelt habe, sei der Streit bis zum Rechtsanwalt gegangen. Als ob so 'n Tier so was wisse. Sonst erzählte Frau Placka nichts Neues, außer, daß Freitag war.

Als die Turmuhr drei helle Schläge schepperte, schlief Frau Dahl noch immer nicht. Schlaflos kamen ihr die ärgsten Gedanken. Den Anweisungen von Herrn Dr. Haupt gehorchend, versuchte sie, sich an beglückende Vorfälle zu erinnern, bemühte sich, Wellenrauschen zu hören, den Wind im Ährenfeld spielen zu sehen, auch Palmen sollten helfen. Statt dessen bekam sie Krankenhausgeruch in die Nase. Als Ludwig zum vierten Mal operiert werden mußte, war er schon ziemlich am Ende gewesen. Allein der Flug nach New York hatte seine letzten Kräfte aufgezehrt, aber es hatte geheißen, die Amerikaner hätten die fortgeschrittenste Technik, die besten Spezialisten. Ein Glück noch, daß sie und Benno bei Eberhard und Carla wohnen konnten. Als Ludwigs jüngerer Bruder konnte Eberhard das kaum abschlagen, aber Eberhard tat so etwas aus Überzeugung. Frau Dahl erinnerte sich dieser Zeitspanne mit beklemmender Klarheit. Sie hatten in einer Gegenwelt gelebt, in der Welt der Krankheit. Man lauschte nur noch nach innen, von außen drang nichts mehr ein.

Die amerikanischen Ärzte hatten sich hoffnungsvoll gegeben. Ihre geschäftsmännische Kompetenz hatte auch ihr wieder Hoffnung gemacht. Zu viert hatten sie Ludwigs Operation im Neonlicht eines verschmutzten Wartesaals abgewartet. Benno, gerade erst aus der Schule, mußte dauernd gähnen. Carla sah aus, als ob sie innerlich betete. Sie war überzeugte Katholikin. Als sie dann Ludwig sehen durften, lag er schon in einem fürchterlich überheizten Zweibettzimmer. Er schlief noch. Um seine Augen lagen dunkle Flecken wie bei den Pandabären. Früher hatten er und Eberhard sich ähnlich gesehen, davon war nichts mehr zu merken. Sein Kinn war in seltsamen Falten verschwunden; die Ohren dünn wie Papier. Das verschmutzte Sonnenlicht des Wintertages, das durch die ungeputzten Fenster fiel, schien auf seine geschrumpften Arme, die von vertikalen Rillen wie beim Kordsamt durchfurcht und von den Nadeln der Spritzen blau und braun waren. Als er aufwachte, hatte er ihnen aus weisen Augen zugelächelt, eine Art Seelenkontakt, ruhig, doch ohne Glanz.

Frau Dahl mußte weinen und fand ihr Taschentuch nicht.

Auch als Ludwigs Nieren versagten, blieben die Ärzte optimistisch und zitierten die Statistiken ihrer Erfolge. Der Darmkrebs sei rechtzeitig erfaßt worden, bei regelmäßiger Dialyse beständen Aussichten auf eine wesentliche Verlängerung seines Lebens. Das Krankenhaus erstreckte sich über ein halbes Dutzend Straßenblöcke, schmutzig, verbaut, deprimierend. Dauernd war der eine oder der andere Fahrstuhl außer Betrieb, und der Geruch aus der Küche, der sich mit dem Geruch nach Desinfektionsmitteln mischte, war ekelerregend. Was dann auf einem Tablett vor Ludwig erschien, sah vorgekaut aus. Der andere Patient im Zimmer schlief unter starken Betäubungsmitteln, oder vielleicht lag er im Koma, doch der kleine Fernsehapparat am Fußende seines Bettes lief den ganzen Tag. Die vielköpfige Familie des Kranken, die um sein Bett saß, ließ sich kein Programm entgehen. Nach langem Drängen und Betteln wurde Ludwig dann in ein Einzelzimmer verlegt, aber auch das bedeutete keine Ruhe. Die Tür seines Zimmers, wie überhaupt alle Türen aller Zimmer, stand den ganzen Tag weit offen. In voller Sicht der Besucher wurden Patienten gewaschen, verarztet, gefüttert, von ihren Schiebern gehoben. Besuchszeit war den ganzen Tag über. Benno hatte vor Verlegenheit immer nur vor seine Füße gestarrt. Und vor jedem Bett waren die Fernsehapparate angestellt, lärmend, dudelnd, schwafelnd. In das Stöhnen und Wimmern der Sterbenden mischten sich die Schüsse der Western und das Jabbern von Donald Duck.

Mit ihren besorgten Fragen und gelegentlicher Besserwisserei aus Zeitschriften für Medizin und Vorbeugung war sie den Ärzten bald auf die Nerven gegangen. Das hatte Benno herausgefunden, als er ein Gespräch zwischen Dr. Rodriguez und Dr. Perlmutt überhörte: Vorsicht mit Frau Dahl. Die leide an neurotischen Aggressionen, also sich nicht mit ihr einlassen. Als Ludwig dann aus dem Krankenhaus entlassen wurde, weil weitere Operationen unmöglich waren, denn der Krebs war in immer mehr lebenswichtige Organe eingedrungen, war es Sommer geworden. Sie hatten ein Krankenhausbett gemietet und es in der Eberhardschen Wohnung aufgestellt. Benno schlief auf dem Sofa im Wohnzimmer, Frau Dahl im Kinderzimmer des inzwischen fast erwachsenen, abwesenden Sohns des Hauses. Eine Rückreise nach Deutschland war für Ludwig ausgeschlossen, desgleichen das Mieten einer eigenen Wohnung. Ärzte und Krankenhaus hatten Ströme von Geld verschluckt; was die Versicherung bezahlen würde, wußten die Götter. An Ludwigs Bett wurde das Kopfende dauernd verstellt, mal wollte er es höher, mal niedriger haben, dann mehr in der Mitte. Seine Augen hatten einen milchigen Schein. Seine Nase, dünn wie der Brustknochen eines Hühnchens, erschien länger, schärfer und irgendwie edel in ihrer neuen Zerbrechlichkeit. Ausschlag verkrustete seine Lippen. Meist trug er die Wolljacke, die Frau Dahl für ihn aus Deutschland mitgebracht hatte, aber trotzdem fror er und saß gebuckelt unter Carlas rosabezogener Federbettdecke, auf der seine Hände rastlos tasteten. Sein gebliebener Fuß war grotesk angeschwollen. Es hieß, das sei ein Hungerödem. Ein glänzender Plastikschlauch schlängelte sich von einem Gefäß unter dem Bett aufwärts und verschwand in der Tiefe des Plumeaus.

Die Vergangenheit in Bildern. So hatte er ausgesehen, als er sie in einem Anflug von Befehlston an sein Bett kommen hieß. Seine Fachärzte, von denen es so viele gegeben hatte, daß Frau Dahl sie kaum auseinanderhalten konnte und nur noch Dr. Sussman, den Onkologen, in Erinnerung hatte – die anderen verschwammen in einem Wechsel von Kommen und Gehen, von älteren und jüngeren Gesichtern, bebrillt oder nicht, schnurrbärtig oder nicht, jovial erläuternd oder kurz angebunden, in Eile alle –, von diesen Ärzten also hatte sich keiner mehr blicken lassen. Aus der Ferne verschrieben sie das Betäubungsmittel Demerol, und zum Monatsanfang schickten sie ihre Rechnungen.

Als sie dann um Ludwigs Bett standen, nahm seine Stimme wieder etwas von der alten Autorität an. Er wollte sterben. Umgehend. Sie sollten ihm versprechen, ihm dabei zu helfen. Schwören sollten sie es an seinem Bett. Sein Zustand sei menschenunwürdig, die Hölle. Es sei unerträglich. Ich bitte euch inständig bei vollem Bewußtsein. Seine Stimme brach.

An Benno gelehnt, hatte Frau Dahl sich gefügt. Noch sah sie das alles bis in die unbedeutendsten Einzelheiten, sah Eberhard auf dem unbenutzten Gästebett des zum Krankenzimmer verwandelten Gästezimmers zwischen dem Bodensatz der Krankheit sitzen: leere Demerolröhrchen, Watterollen, Gummiunterlagen, Kleenex-Schachteln, blutbeschmierte Pyjamajacken. Ein Labyrinth medizinischer Abfälle und Requisiten. In der Familie hatte Eberhard als der Familienpedant gegolten, schulmeisterhaft, phantasielos, sparsam, immer gestreifte Krawatte und geputzte Schuhe, Fabrikant für industrielle Wischtücher. Nun kam heraus, daß er zuverlässig und hilfsbereit war, wogegen sich alle anderen aus Ludwigs Freundeskreis vom nicht endenden Verlauf der Krankheit zurückgezogen hatten. Die Amerikaner hatten dafür einen Ausdruck: *compassion fatigue.*

Sie hatten sich in der Küche besprochen. Eberhard hatte gewarnt, daß sie alle im Gefängnis landen könnten. Der den Totenschein ausstellende Arzt oder Leichenbeschauer dürfe auf keinen Fall Merkmale der Gewaltanwendung finden. Benno sah blaß und spitz aus, die Augen wie in Konzentration erstarrt. Unerwartet kam er mit einem Vorschlag. Sämtliche vorhandenen Codeintabletten in Orangensaft mit Wodka gemischt auflösen. Wenn Ludwig dann schliefe, ihm alles Demerol spritzen. So, wie er mit Nadelstichen übersät sei, könne das gar nicht auffallen.

Von dem falschen Hasen, den Carla zum Abendbrot servierte, hatte Frau Dahl nichts essen können.

JETZT HATTE Frau Dahl Kopfschmerzen. Zwischen ihren Ohren tönte in kurzen Abständen ein Zischen, wie man es beim Zerreißen von Seide hörte.

Warum es in Carlas Küche immer nach Angebranntem roch, hatte sie sich nie erklären können. Vielleicht kam es von nebenan. Der Geruch saß ihr heute noch in der Nase. Nachdem sie den Orangensaft mit Wodka für Ludwig gemischt hatte, setzte sie sich an den Küchentisch. Sie war allein gewesen. Die Küchenwanduhr, eine von diesen Uhren mit Dezimalziffern, wie sie damals auch als Armbanduhr Mode gewesen waren, gab jede Minute ein flatterndes Geräusch von sich. 4.58 und so fort, wie auf einem Flugplatz. Der Blick aus dem Küchenfenster war ziemlich trostlos. Nach und nach hatte sie das für Ludwig bestimmte Glas ausgetrunken, hatte ein zweites gemischt und die Codeintabletten parat gelegt, aber dann hatte sie auch das zweite Glas ausgetrunken, ohne das Codein darin aufgelöst zu haben. Erst als Eberhard mit einem prüfenden Blick in die Küche kam, hatte sie sich zusammengenommen und hatte das Codein in einem dritten Cocktail gemischt. Sie mußten handeln, bevor Carla von ihren Besorgungen nach Hause kam, denn Carla hatte zitternd vor Erregung, zu der sie leicht neigte, geschrien, sie mache da nicht mit. Schon bei dem Falschenhasenessen hatte sie Nicht in meinem Haus! geschrien, und Eberhard hatte seufzend gefragt, ob es denn menschlich sei, Ludwig gegen seinen ausdrücklichen Wunsch weiterleiden zu lassen: Schließlich tun wir es für jeden Hund.

Der Mensch ist kein Tier! hatte Carla gekreischt.

Benno hatte die Ähnlichkeit der Schmerzempfindlichkeit im menschlichen und tierischen Organismus anbringen wollen, aber mittendrin klingelte das Telefon. Jedenfalls hatte sie handeln müssen, solange Carla aus dem Hause war.

Er könne nicht schlucken, hatte Ludwig, als Benno ihm das Glas an die Lippen hielt, mit untypischer, kindischer Unterwerfung gewimmert. Es ging dann bei hochgestelltem Kopfende und mit einem Strohhalm. Er schlief schnell ein. Die Demerolspritzen konnte ihm Eberhard, der in irgendeinem Krieg Sanitäter gewesen war, trotz seines Geschicks nur mit Mühe in die Venen stoßen. Sie waren verkrustet und vertrocknet, die Hälfte lief daneben.

Dann warteten sie. Frau Dahl hielt den Blick auf Ludwigs eingefallene Brust gerichtet, um zu sehen, was sie nicht sehen wollte. Unter dem buntbedruckten T-Shirt, das er trug, weil die Pyjamajacken ausgegangen waren, rührte sich nach jedem pfeifenden Luftholen lange Zeit nichts. Er mußte tot sein. Er *war* tot. Aber dann hob sich die ausgewaschene Aufschrift *Visit the Bahamas* aus Eberhards Ferienparadies unter dem nächsten keuchenden Atemzug. Frau Dahl hatte den Eindruck gehabt, alles sei übergroß, jedes Haar in Großaufnahme, die Kruste um Ludwigs Nasenlöcher wie Kies.

Er schlief, mit seiner hinfälligen, nach Medikamenten und Fäulnis stinkenden Gegenwart sich selbst zur Last. Er hatte seine Geduld erschöpft und auch die ihre. Möge er endlich sterben, damit die Quälerei ein Ende habe! Wenn Frau Dahl sich recht erinnerte, hatten sie noch lange im Sanktuarium der Küche um den Küchentisch unter der Ziehlampe gesessen, aber vielleicht erschien es ihr auch nur so lange. Im Wohnzimmer war kein Platz, da stand Ludwigs Barren, an dem er seine letzten unsicheren Schritte geübt hatte, und auch der Rollstuhl und der Korb mit den Bergen schmutziger Wäsche nahmen dort Platz weg und deprimierten mit ihrem Vorhandensein. Plötzlich hatte es geklingelt. Der halbwüchsige Sohn des Hauses kam, seinen Vater um Kopflänge überragend, auf Plattformrollschuhen hereingeschossen, stürmte die Rampe herab, die von dem höhergelegenen Vestibül in die Küche führte, eine Neuanschaffung, die das Rollstuhlfahren erleichterte, rief ihnen »Oh, hi« zu, aß den Rest des falschen Hasens, rauchte zwischen jedem zweiten Bissen, antwortete auf Carlas Rüge, er rauche zuviel, Weiß ich, verschwand, immer noch auf Rollschuhen, in seinem, zur Zeit Frau Dahls Zimmer, von wo sofort ohrenbetäubende Musik ertönte, kam wieder zum Vorschein, verabschiedete sich mit einem schneidig auf Rädern gezogenen Halbkreis um den Küchentisch, antwortete Weiß ich, als Carla ihm deutlich machte, daß Onkel Ludwig im Sterben läge, und war weg.

In das Vibrieren der zugeknallten Haustür bemerkte Eberhard melancholisch: *Life dances on*. Bei vorsichtigen Gesprächen, die die Qualität des kalifornischen Weins bemängelten und die Abendnachrichten wälzten, lauschten sie alle auf etwas, das aus dem Schlafzimmer kommen mußte. Frau Dahl war überzeugt, sie könne Ludwigs fortdauernde Atemzüge bis in die Küche hören.

MANCHMAL STIEG ein Erinnerungsbrocken wie eine vereinzelte Luftblase aus dem Morast der Vergangenheit auf: Frau Dahl, jung verheiratet, mit Ludwig am Tisch in einem Café mit Drehtür und Messingtheke. Sie blickt zu einem anderen Tisch hin, wo ein dunkelhäutiger Mann, ein Rumäne vielleicht, ihre Aufmerksamkeit auf sich zieht. Nicht, daß ihr dieser Faun in Samtweste, dieser Jägertyp mit Verdilocken irgend etwas abgewinnen könnte. Um Gottes willen! Aber gerade deshalb stellt sie sich vor, wie es wohl mit ihm sein würde. In den mit geschliffenen Spiegeln verkleideten Wänden reflektiert man sich bis in alle Ewigkeit, man sieht sich und die anderen Gäste essen, trinken, lachen, reden, vor sich hin rauchen, auch den Rumänen. Plötzlich sagt Ludwig zu ihr: Geh, setz dich zu dem Herrn dort, und blick zu mir herüber.

Frau Dahl konnte Ludwig unmöglich wieder zu seinem Leiden aufwachen lassen. Als er sie um Hilfe anflehte, hatte er geweint. Sie mußte handeln. Eberhard brachte das nicht fertig. Als sie nach Ludwig sehen ging, atmete er stoßweise, mit langen Pausen. Er reagierte auf nichts und rührte sich nicht, auch nicht, als sie ihn kräftig kniff. Er würde nichts fühlen, wenn sie ihm das Kopfkissen auf das Gesicht preßte. Sie mußte es tun. Unbedingt. Courage! Sie hatte sich immer seinen Wünschen unterstellt.

Wie sich der Erinnerungen erwehren? Auf dem Kalender, der auf ihrem Nachttisch stand, war es immer noch Freitag. Irgendwo miaute immer noch eine Katze.

Obwohl ihr die Zeit, in der sie das Kopfkissen auf Ludwigs Gesicht preßte, eine Ewigkeit, Ewigkeiten erschien, konnte es so lange nicht gewesen sein, denn als Benno die Tür zum Krankenzimmer öffnete und sie das Kissen hochriß, sah sie, wie sich die Aufschrift auf Ludwigs T-Shirt mit einem ächzenden Atemzug hob: *Visit the Bahamas*. Er lebte. Er lebte trotz Codein, Demerol und Wodka und trotz ihrer fürchterlichen Bemühungen. Gegen Mitternacht erwachte er und richtete sich ohne Hilfe auf. In seinen Augen flatterte ein haßerfülltes Licht.

Benno hatte ihr später erzählt, sie hätte weinend die Ärzte verflucht, die Unzahl von Spezialisten, Internisten, Proktologen, Röntgenologen, von denen sich keiner zeigte, als es zu Ende ging, obwohl sie es gewesen waren, die Ludwigs Leben mit ihren schamlos teuren Künsten wie besessen verlängert hatten. Daran konnte Frau Dahl sich nicht mehr erinnern.

Als sie am nächsten Morgen spät und erschöpft im Bett des abwesenden Sohnes aufgewacht war, schien die

Sonne aufdringlich ins Zimmer. Im Badezimmer rasierte sich Benno mit Eberhards elektrischem Apparat. Sein deutscher ging nicht auf amerikanischem Strom. In der Küche kniete Eberhard vor der dunklen Herdröhre, sie sah den haarlosen Fleck auf seinem Hinterkopf. Wie man das verdammte Ding ankriege, wollte er wissen. Seit wann sich Eberhard fürs Kochen interessiere, rätselte sie. Er wolle Hörnchen aufbacken, so Eberhard. Ludwig habe Appetit auf ein Hörnchen.

Ludwig hatte Appetit auf ein Hörnchen!

Frau Dahl verspürte eine brausende Leere im Kopf. Im Krankenzimmer, oder vielmehr im Sterbezimmer, fand sie Ludwig aufrecht von Kissen gestützt. Der Krankheitsgeruch war mit Eau de Cologne vermischt. Ludwig versuchte, durch einen Strohhalm aus einer von Carla gehaltenen Dose zu trinken, aber irgend etwas lief dabei nicht. Seine Koordination war gestört. Anstatt den Halm zu umfassen, mümmelten seine Lippen im Leeren, schmatzten Luft.

Sieh dir das an, sagte Carla. Sie zwang ihm den Strohhalm in den Mund. Worauf er die Dose mit einer Grimasse zur Seite schlug. Seven-up-Schaum perlte über die Bettdecke. Ich weiß schließlich noch, wo mein Mund ist! schimpfte er.

Als Eberhard mit dem Hörnchen kam, verschlang er es gierig. Drei Wochen später lebte er immer noch. Da ging ihnen das flüssige Valium aus, und auch das Demerol war fast am Ende. Der Arzt, der es verschrieb, verbrachte gerade seine Ferien auf den Bermudas. Die Vertretung verwies sie ans Krankenhaus. Das verwies sie an den Arzt auf den Bermudas. Es gelang Benno auf einer Taxifahrt durch das ausgestorbene New York, alles geschlossen, weil Sonntag war, als Wahrzeichen des Feiertags Berge von Müll vor allen Türen, eine Apotheke zu finden, deren Besitzer ihm das flüssige Valium auch ohne Rezept verkaufte. Beim Öffnen des Päckchens stellte sich dann heraus, daß fast alle Flaschen ausgelaufen waren und das Verfallsdatum des Medikamentes längst überschritten war. Sie waren diesem Todesgeschäft nicht gewachsen, Gewinn oder kein Gewinn die einzige Frage.

Aufgebackene Hörnchen wollte Ludwig nun nicht mehr, nur Wasser noch, das ihm das Kinn herablief. Durch das geöffnete Fenster kam das sanfte Dröhnen der Stadt. Das Wetter war feuchtheiß, unerträglich schwül, er aber fror. Frau Dahl hatte an den Sterbenden gedacht, der in dem unerschwinglichen, verlotterten Krankenhaus auf der West Hundertundzehnten Straße mit Ludwig das Zimmer geteilt hatte. Vermutlich hatte der gut verdient, da er, wie ihnen die Seinen mitgeteilt hatten, von Beruf Klempner war. Es war anzunehmen, daß er mit sich und der Welt zufrieden gewesen war, so wie auch Ludwig zwar nie mit der Welt, aber größtenteils mit sich selbst zufrieden gewesen war. Und nun dieses erbärmliche, dieses entwürdigende Ende! Heute verzieh sie sich nicht, daß sie ihn schließlich als Schuldigen sah. Er machte sich schuldig, indem er noch immer lebte. Wenn sie zu viert in der Küche saßen, hieß es nur noch: Also wann endlich.

Benno gab sich gefaßt, aber sie kannte ihn. Er hatte die Flasche Eau de Cologne, mit dem sie den Fäulnisgeruch im Krankenzimmer parfümierten, in den Abfalleimer geworfen. Er könne dieses penetrante Lavendelaroma nicht länger ertragen und würde es auch in Zukunft nie wieder ertragen können, sagte er. Ihr ging es mit falschem Hasen genauso.

Nachdem er erst in ein Koma fiel, starb Ludwig dann

schließlich doch. Sie hatten schon gar nicht mehr damit gerechnet. Als Carla aus dem Krankenzimmer gestürzt kam und meldete, ihres Wissens sei Ludwig tot, konnte Frau Dahl es nicht glauben. Auf der Einäscherung weinte sie nicht. Dazu brauchte sie ihre ganze Konzentration. Haltung üben. Laß dich nicht gehen. Nimm dich zusammen. Warum eigentlich? Die südländischen Menschen waren da viel vernünftiger. Die schrien und heulten und brüllten, die fraßen nicht alles in sich hinein, wo es dann jahrelang gärte und säuerte und schließlich für teures Geld beim Psychiater landete.

U<small>M FÜNF UHR</small> läuteten die Glocken des Klosters. Es klang wie Weihnachten. Danach mußte Frau Dahl wohl doch eingeschlafen sein. Als sie aufwachte, stand ein Herr neben ihrem Bett und hielt ihr Handgelenk zwischen zwei Fingern, als handele es sich um etwas Unappetitliches. Was haben wir denn hier, fragte er wie ein unzufriedener Monarch. An Benno gewandt erklärte er, das Herz sei noch verhältnismäßig kräftig, die Krankheit schreite nur langsam voran, der Puls regelmäßig.

Lieber Herr Doktor, sagte Benno, meine Frau ist am Ende. Darüber erschrak Frau Dahl heftig. Ulrike schwer krank, und niemand hatte ihr etwas davon gesagt! Das war ja entsetzlich. Dann war sie wieder alleine. Draußen das unverkennbare Hupen des Lieferwagens der Gärtnerei Pohl. Es dudelte die ersten Noten von *Luise am Blumenbeet*. Das ging Frau Dahl immer furchtbar auf die Nerven. Dann behauptete Frau Placka, die zum Aufräumen gekommen war, daß es im Vestibül stänke wie in einem Raubtierhaus. Unverkennbar nach Katze. Frau Dahl versuchte einen heiteren Kommentar über die angeblich glückbringenden Eigenschaften gewisser Häufchen. Es gelang nicht. Schließlich hatte sie vergessen, was sie hatte sagen wollen. Das belastete sie dann immer sehr. Diese dauernden Ungewißheiten machten ihr Dasein zu einer Zumutung.

Benno kam und bot Mozartkugeln aus einer großen Schachtel an, die er dann aber wieder mitnahm: Sonst ißt du wieder alles auf einmal auf, und dir wird wieder schlecht. Seit er das Rauchen aufgegeben hatte, redete er noch mehr mit den Händen.

Jemand – Frau Placka? – hatte den Fernsehapparat angestellt. Aufdringliche, nicht enden wollende Reklame für Artikel, die Frau Dahl nie mehr gebrauchen würde. Nachrichten von überall und nirgendwo. Die Welt war verlockend und abstoßend. Vanilleeis mit Blutsauce. Ein nackter junger Mann und eine nackte junge Frau liebten sich angestrengt in Zeitlupe. Sie auf Knien und Ellbogen. Er hinter ihr. Frau Dahl blickte per Großaufnahme auf zwei nackte, menschliche Hinterteile. Der männliche hatte rechts einen Pickel, auch der in Großaufnahme. Also das war nun wirklich nichts für Frau Dahl. Da sie nicht wußte, wie man den Apparat abstellte, riß sie die Schnur aus dem Stecker.

Wo war das Opernglas? Die Sehschärfe brauchte sie nicht zu korrigieren, die war noch auf den Säufer eingestellt, also nicht auf das Kronmaierhaus, wo sie schon manchmal die Fenster abgesucht hatte und dabei eine kranke Taube auf dem Fenstersims vorfand, aufgeplustert und schmutzig, der Fenstersims voller Taubendreck. In dem Store vor dem Fenster des Säufers war das Spitzenmuster mit den Schwänen im Schilf deutlich zu erkennen. Eigentlich doch beruhigend, so ein bißchen gemütvoller Kitsch im Zeitalter des Auf-den-Knopf-Drückens. Plötzlich wurde die Gardine ruckartig zur Seite gerissen, und der Mann sah Frau Dahl direkt ins Opernglas. Direkt in die Augen. Er blickte wild. Vor Schreck lief sie ins Badezimmer, wo niemand durch die Milchglasscheibe sehen konnte. Ihr Herz schien anzuschwellen. Es klapperte wie die Mühle am rauschenden Bach. Sie lehnte sich gegen die Kachelwand und sah auf ihre Pantoffeln. Als ob die ihr Zwiesprache böten. Es ging ihr ja gut, sie konnte sich nicht beschweren und wollte es auch gar nicht. Es war nicht ihre Absicht, den Lebenden ein schlechtes Gewissen zu machen. Die taten, was sie konnten. *Life ist for the living!* hieß es, wenn jemand in dem unsäglichen Krankenhaus gestorben war, in dem Ludwig gelitten hatte. Als zu den Lebenden gehörend fühlte sich Frau Dahl allerdings nicht mehr. Sie war nicht mehr Mitglied einer Gruppe, Teil eines Wirkungskreises.

Aufstehen, herumgehen, dann staut sich das Blut nicht so in den Beinen. Mit der Zeit hatte sie auf ihrem gewohnten Weg zwischen Sofa, Sessel und Rauchtisch, vorbei am Klavier und der Truhe, auf dem Teppichboden einen Trampelpfad ausgetreten. Die Truhe stammte noch aus Berlin. Wenn Ludwig wüßte, daß sie –! Er würde empört sein, angewidert. So etwas haben wir nicht nötig, hätte er gesagt, auch, wenn sie es nötig hatten. Ein Möbelstück, das den Nachbarn gehörte! Die waren aber bei einem Fliegeralarm umgekommen. Die Truhe hatte überlebt. Inmitten von verkohlten Fensterrahmen und Zementbrocken hatte sie unversehrt wie von Engelshand beschützt gestanden. Schwere Eiche, geschnitzt. Frau Dahl hatte sich nach eventuellen Angehörigen der Toten erkundigt. Niemand wußte etwas. Sie hatte gewartet. Niemand kam. Die Dahlsche Wohnung war schon viel früher zum Teil ausgebrannt, die Wäsche lag aufgestapelt auf dem Küchentisch. Was fehlte, war eine Truhe.

Von Tag zu Tag verkam das Prunkstück mehr. Es schneite, der Schnee lag dick auf dem Möbelstück, dann triefte und tropfte es, als das Wetter umschlug. Frau Dahl beschuldigte sich der Habgier, des Materialismus im geläufigsten Sinne, des Mangels an Pietät. Da sah man wieder mal, wie sie alle zu Kerichtwühlern und Aasfressern geworden waren. Obwohl es für »Plündern von Volksgut« die Guillotine gab, selbst bei unbedeutenden Kleinigkeiten. Ein Teelöffel genügte. Trotzdem hörte man immer wieder Geschichten, wie Volksgut geplündert wurde. Die Leute warfen ihre Federbetten aus den brennenden Wohnungen, aber die hatten noch nicht mal das Pflaster berührt, schon waren sie weg. Da glaube einer noch an das Gute im Menschen. Nach einiger Zeit hatte sich die Truhe in der Winternässe gewellt. Es war nicht anzusehen, wie sich das Holz warf, wie der Deckel sperrte. Im letzten Augenblick hatte der Blockwart Frau Dahl vor dem Beil bewahrt. In seiner Eigenschaft als NS-Zellenleiter hatte er ihr das Möbelstück zugesprochen. Mit Beglaubigung. Im Inneren befand sich verkommene Unterwäsche, verquollenes Papier und eine verschimmelte Nazifahne.

Benno brachte Tee und die Nachricht, daß es regnete. Als Frau Dahl wissen wollte, wo die Kronmaiersche Katze sei, machte er Ausflüchte, heuchelte, ihr Gemümmel nicht zu verstehen. Und sie hielt doch schon seit geraumer Zeit zwei Buletten im Nachttisch für das arme Tier versteckt.

Benno hatte andere Sorgen. Die Konkurrenz, also dieser Reifenfritze in Plattling, habe die Winterreifen schon voll auf Lager. Da könne der Reifendienst Dahl nicht nachstehen. Ungeachtet der völlig falschen Planung. Viel zu früh! Solange kein Schnee fiel, solange die Straßen nicht spiegelblank gefroren waren, kauften die Bauern, falls überhaupt, auf Kredit. Wenn nicht hier, dann da. Später durfte man sich dann die Beine abrennen, um sein Geld zu bekommen. Erst wenn ihnen die Fahrzeuge steckenblieben oder in den Straßengraben schlitterten, legten sie Geld auf den Tisch. Warum also nicht lieber das eigene Geld auf der Bank Zinsen bringen lassen. Frau Dahl war trotz dieses Ärgernisses beglückt. So hatten sie, als Ludwig gestorben war, täglich beim Abendschoppen die geschäftlichen Probleme durchgesprochen. Benno hatte viel auf ihre Urteilskraft gegeben. Sie habe Wirklichkeitsnähe, hatte er oft gesagt. Gerade die hatte sie verloren. Stumm trank sie ihren Tee.

Gegen Abend hatte es sich eingeregnet, als wolle es biblische Dimensionen annehmen. Ein unentwegtes, bedrohliches Rauschen. Frau Placka stellte den triefenden Regenschirm in der Badewanne ab und schimpfte auf das Wetter. Von der Straße tönte heiseres Johlen und Grölen durch das Regengeprassel. Das seien die Nazi-Kids, erklärte Frau Placka. Wie bitte? Frau Dahl konnte das nicht glauben. Doch nicht in Deutschland. Doch nicht schon wieder. Doch, doch, sagte die Placka, und irgendwie klang es zufrieden. Bevor sie ging, klopfte sie alle Sofakissen auf und stellte sie auf die Spitzen. Frau Dahl konnte das nicht ausstehen, aber es war der Placka nicht auszutreiben.

Mit dem Einschlafen dauerte es immer länger. Kaum war das Licht aus, war Frau Dahl hellwach, obwohl sie gerade todmüde gewesen war. Und da stand doch wieder der kopflose Rittmeister Sanft am Fußende ihres Bettes und machte eine einladende Handbewegung. In ihrer Verstörtheit konnte sie den Schalter an der Nachttischlampe nicht finden. Die fiel polternd zu Boden. Im Dunkeln tastete sie sich ohne Stock an den Wänden entlang bis zur Küche. Dort machte sie Licht und saß dann, von einem innerlichen Zittern überkommen, lange auf dem Küchenstuhl.

Die Erscheinung des Rittmeisters rief ihr die Elli in Erinnerung. Mit einem Bauch im neunten Monat. Aber nicht vom Rittmeister, wie sie höhnisch gesagt hatte. Von ihm habe sie sich durch tatsächliche Distanz wie auch gefühlsmäßig entfernt. Solle sie vielleicht in Berlin warten, bis sie unter dem Bombenhagel begraben wurde, während er in Paris triebhaft und zügellos seinem Appetit gütlich tat, oder so ähnlich hatte sie gehöhnt. Die Herren Offiziere, nach außen hin immer so kühl und diszipliniert. Frau Dahl solle nur nicht meinen, daß Ludwig eine Ausnahme sei. Ein Stich ins Herz. Wat denn, hatte Elli berlinert, bloß keen Lamento. Nur nich' aus Liebe weinen. Det lohnt sich um keenen Mann.

Mit der Elli war sie per S-Bahn an den Großen Müggelsee gefahren. Zwischen Schierling und rotem Klee hatten sie sich ausgezogen und Wanzenbisse verglichen. Die hatte damals jeder. Wanzen nisteten hinter allen Tapeten, in allen Matratzen und Bücherschränken, in den Polstermöbeln und in den Waggons der Reichsbahn, mit Reisenden vollgestopft war ja alles, einschließlich der Trittbretter, der WCs und der Waggondächer. Es gab ja auch plötzlich so viele Läuse. Läuse und Tuberkulose. Auch Frau Dahl und Benno hatten Läuse gehabt, Vera Tuberkulose *und* Läuse. Gegen Läuse gibt es nur eine Abhilfe: sich über die Badewanne gebeugt einen Kanister Benzin aufs Haar gießen. Nur gab es damals natürlich kein Benzin. Erst als die Amerikaner siegten, konnte die deutsche Bevölkerung sich entlausen. Jedenfalls waren Elli und sie nackt durch den schwarzen, blasigen, schmatzenden

Sumpf des Großen Müggelsees gewatet, bis sie klares Wasser erreichten und schwimmen konnten. Das war dann die lange Fahrt wert gewesen. Sauber und kalt wusch es den Stumpfsinn von ihnen ab. Aber als es heiß wurde, regten sich die Blutegel im Riedgras. Schaudernd riß Elli sich einen der blutsaugenden Würmer von ihrem prallen, weißen Bauch und inspizierte ihn voller Abscheu. Er hatte einen Saugnapf an beiden Enden und einen geschwollenen Wanst, geschwollen mit Ellis Blut: Een Naziboß in Metamorphose! hatte sie geschrien und das Ding von sich geschleudert. Danach hatten sie das Schwimmen im Müggelsee aufgegeben.

Elli, auf Besuch bei Frau Dahl, hatte das Kind im Luftschutzkeller geboren. Unter dem hartgefrorenen Blick des Führers. Das Bild hatte der alte Immelmann über den bröckelnden Putz gehängt. Die Sirenen heulten und heulten den Weltuntergang. Die Hausgemeinschaft saß bedrückt und gab flüsternd Berichte von der Ostfront weiter. Man erfuhr von abgeschnittenen Ohren, Nasen, Genitalien, bis dann das ferne Brummen draußen zum drohenden Dröhnen wurde. Wenn sich Frau Dahl an etwas erinnern konnte, war es an diese Machtlosigkeit, dieses Gefühl, in der Falle zu sitzen. Ein kreischendes Pfeifen, die Wände zitterten, ein ächzendes Getöse und in der folgenden Stille ein sanftes Rieseln, wenn der Kalk von der Decke fiel. Die Glühbirne an ihrem Draht erlosch mit einem tückischen Blinzeln, ging aber wieder an. Der nächste Einschlag klang, wie wenn im Steinbruch gesprengt würde. Es folgte ein prasselndes Geräusch, als ob Wasser auf heißes Fett fiele. Mitten in diesen Höllenlärm gebar Elli einen Sohn. Dabei schrie sie so laut, daß es der Blockwart, der gegenüber wohnte und den Frau Dahl unter der schmalen Auswahl vorhandener Männer für den vermutlichen Vater hielt, es hätte hören können. Das Kind war ein kümmerliches kleines Päckchen von der Farbe einer bösen Quetschung. Es starb am nächsten Tag. Kluges Würmchen, sagte seine tränenlose Mutter.

Bei dem Angriff war das Haus nebenan zerbombt worden. Auch die Bäckerei war ein Trümmerhaufen, unter dem der Bäcker, seine Frau, seine Tochter und sein Dackel begraben lagen. Den Dackel hatte man noch tagelang bellen gehört. Ob wohl das Haus mit der einstigen Dahlschen Wohnung noch stand? Ob da noch jemand lebte? Nummer siebzehn. Die Frau Proskauer jedenfalls, die im Dachgeschoß gewohnt hatte, war schon vor Kriegsende tot. Die hatte sich, als die Nazis ihren Sohn erschossen, am Fensterkreuz erhängt. Und dabei war sie immer so zappelig lustig gewesen. Einer ihrer Lieblingsausdrücke war *Auf in den Kampf*. Also dann auf in den Kampf! kündete sie, wenn sie nach Brot anstehen ging. Bis sie deshalb eines Tages zum Verhör beim Sicherheitsamt gerufen wurde. Was sie als Jüdin damit meine, war sie gefragt worden.

MITTEN IN DER NACHT dieses Heulen und Schallen. Es versetzte Frau Dahl in eine beklemmende Unruhe. Lag sie immer noch im Bett oder schon wieder? Für ein paar Stunden schlief sie ein, wurde aber von einem lauten Geräusch geweckt und verbrachte längere Zeit aufrecht im Bett sitzend und in das Dunkel horchend. Es blieb dann aber still.

Das Wort »mutterseelenallein« wurde viel zu gedankenlos gebraucht.

Ein finsterer Morgen, ein trübes, graues Licht. Frau Dahl war schlecht beisammen, das Gehirn wie ausgeräumt. Das Geräusch des Staubsaugers empfand sie als besonders unangenehm, aber auch das Rauschen des Wassers, das die Badewanne füllte. Die Placka palaverte unentwegt. Als sie dann fort war, wurde die gierige Stille der Wohnung noch unerträglicher.

Das Fenster, hinter dem der Fiesling seinen Schnaps soff, war weiterhin verhangen. Frau Dahl fehlte die Kraft, sich außerhalb des Augenblicks zu begeben. Ob die Tiere so lebten? Etwas später ratterte der Vormittagszug dröhnend durch den Tunnel.

Dieses Begehren, um nicht zu sagen diese Begierde, das Forellenquintett zu hören, und zwar sofort, überfiel sie ganz plötzlich. Schon lange hatte sie keine Musik mehr gehört und hatte auch keine hören wollen, nun aber saß ihr das Forellenquintett unaustreibbar im Kopf. Wie im Gebet ließ sie sich ächzend vor dem Grammophonplattenschränkchen auf die Knie, erkannte die Platte gleich an dem etwas zerschrapten Etikett und legte sie zärtlich auf den Plattenspieler. Aber dann drückte sie umsonst auf verschiedene Knöpfe. Nichts rührte sich. Frau Dahl mahnte sich zur Konzentration. Kein Wunder, der Apparat war nicht eingestöpselt. Als sie den Stecker in die Steckdose geschoben hatte, begann die Platte tatsächlich, sich um ihre blanke, rote Mitte zu drehen. Doch auch bei mit furchtsamer Behutsamkeit aufgelegter Nadel kam kein Ton, nur ein fernes, ätherisches Flüstern. Das Forellenquintett fiel aus wegen Altweiberversagen im Zeitalter der Technik.

Doro kam mit dem Mittagessen: Das Ding ist doch längst Schrott, sagte sie, heute ist alles auf Tonband.

Also Schrott zu Schrott. Frau Dahl suchte nach ihrem Taschentuch. Diese senile Weinerlichkeit war ihr selbst zuwider. Wäre nur nicht die fortwährende Unruhe, die ihr Erinnerungen und Denkzeichen wahllos, unzusammenhängend durch den Kopf trieb, etwa, daß Angelika Piehlke auf Veras Taufe dasselbe dunkelblaue Taftkleid wie auf Frau Dahls Hochzeit getragen hatte. Oder auch nur Satzfetzen wie jetzt: Am besten mit Eigelb andicken. Und dann: Was heißt eigentlich Völkerrecht, das ist doch der reine Hohn. Wer das gesagt hatte, wo so was herkam, wußten angeblich die Götter. Die wußten auch, warum sie sich ausgerechnet an die Rindslederjacke erinnerte, die Konrad getragen hatte, wenn er nicht in Uniform war. Die Jacke war honigbraun, mit vier Außentaschen besetzt, die Knöpfe mit Wildleder überzogen. An den Ellbogen war sie etwas abgeschabt, aber man sah ihr an, daß sie teuer gewesen war. Daß sie auch viel getragen wurde, sublimierte sie erst. Als Ludwig das Taxi fuhr und sie in den beiden finsteren möblierten Zimmern wohnten, waren sie arm gewesen. Da aber damals fast alle arm waren, wurde einem daraus kein Vorwurf gemacht. Damals gingen alle zu Aschinger, um dort an den Stehtischen kostenlose trockene Brötchen mit kostenlosem Mostrich zu essen, und alle gingen zu Fuß. Dagegen ging es Alma und Konrad vorzüglich. Auf einem Gut in Ostpreußen gab es naturgemäß genug zu essen. Alma hatte Päckchen geschickt, Butter, Schmalz, Käse, Honig, zu Weihnachten sogar mal eine Gans. Dann kam eines Tages das Paket mit der Rindslederjacke. Vielleicht ein bißchen breit in den Schultern, hatte Alma geschrieben, aber leicht zu ändern. Damit war Frau Dahl die Armut zur Minderwertigkeit geworden. Sie hatte das Alma nie ganz verzeihen können.

Scheinbar war immer noch Freitag. Nichts Schöneres, als wenn Besuch käme, aber es war ihnen zu langweilig mit ihr. Niemand sprach mit ihr, weil *sie* kaum noch sprach, und weil niemand mit ihr sprach, verlernte sie das Sprechen immer mehr, und es wurde ihnen immer langweiliger mit ihr.

Noch ein Erinnerungsbrocken: Der Drachen hatte gelbe Ohrenbüschel, ein blaues Gesicht und einen roten Schwanz, der in einem gelben Büschel endete. Ihr Vater stand in Hut und Mantel auf dem abgeernteten Kartoffelacker und hielt die Schnur um die Hand gewickelt. Das Pappstück mit dem aufgerollten Rest der Kordel hielt er in der anderen Hand. Vom Wind getragen, ruckte und trudelte der Drachen mit Hasensprüngen seitwärts, rechts, links, rechts, er zerrte mächtig an der sich straff spannenden Schnur und schlug mit dem Schwanz wie die mißmutigen Löwen im Zoo. Willst du mal? fragte ihr Vater, wickelte, ohne die Antwort abzuwarten, die Schnur um ihre Hand, gab ihr das Stück Pappe in die andere und schloß ihre Faust darüber. Die Kraft des Drachens riß sie mehrere Schritte vorwärts. In ihren neuen Lackschühchen stolperte sie über eine Ackerfurche, konnte sich fangen, wußte aber, der Drachen war stärker als sie. Sie würde ihn nicht halten können. Und doch konnte sie die Schnur nicht loslassen. Klein beigeben, losheulen, so etwas hatte es bei ihnen zu Hause nie gegeben. Also würde sie sich in ihrem Sonntagskleid mit dem Spitzenkragen in die Luft erheben. Von unten gesehen würde sie bald nur noch die Größe einer Puppe haben, einer Puppe an einer Schnur, die im klaren Herbsthimmel kleiner und kleiner wurde. Am liebsten hätte sie losgebrüllt. Statt dessen beschränkte sie sich auf ein wimmerndes Schluchzen, das ihr Vater anscheinend für Jauchzen hielt, denn er lachte ihr triumphierend zu. Und so flog sie, am Drachen hängend, über das Dach der Schule, in die sie nächstes Jahr eintreten sollte, über den

Schornstein der Molkerei August Kadei, über den Kirchturm und verschwand hinter dem Kugelberg in Richtung Osterode.

Auf ein Mittagessen konnte Frau Dahl sich nicht entsinnen. Es war wohl auch nicht bemerkenswert gewesen. Wer hier wußte schon, wie man Glumsflinsen zubereitet! Der Tisch war abgeräumt, in der Mitte lag das Spitzendeckchen aus Persien. Ein schräger, staubiger Sonnenstrahl fiel auf den Fußboden, es war plötzlich wärmer geworden. Aus dem Garten kam ein gleichmäßiges, schrapendes Geräusch. Vor ihrem Fenster wurden Blätter geharkt.

Gerade hob Benno mit beiden Händen feuchte, bröckelnde Blätterballen in einen Schubkarren. Ulrike hatte den Pullover ausgezogen und harkte in Rock, Bluse und Gummistiefeln Buchenblätter auf dem matschig vergilbten Rasen zusammen. Als Frau Dahl, die am Fenster visierte, den Fenstergriff leise drehte und beim Öffnen einen spätherbstgewürzten Geruch in die Nase bekam, sagte Ulrike gerade: Zwei Wochen auf den Kanarischen Inseln!

Jetzt oder nie! sagte Benno. Später könne er nicht weg. Beim besten Willen nicht. Da ging der Winterbetrieb erst richtig los. Mit der Konkurrenz im Nacken könne er dann nicht auf den Kanaren im Liegestuhl die Sonne anbeten. Aber an seinem Gewissen nage es doch.

Wenn es nun mal nicht anders geht, sagte Ulrike. Und sie hat ja schon letztes Jahr nichts von allem begriffen. Nur den Sekt hat sie gern getrunken, sonst hat sie ja alles als »zuviel des Guten« abgewehrt. Ulrike hatte eine helle Stimme, kindlich, nicht spitz. Ob Benno noch wisse, wie Omi damals scheinbar leblos gelegen hatte, als sie spät vom Tanzen zurückgekommen waren? Die leere Rumflasche auf dem Tisch, sie selbst auf dem Teppich ausgestreckt? Laut Dr. Haupt hatte sie ja kaum noch Puls gehabt. Dergleichen brauchten sie nun nicht mehr zu befürchten.

Frau Dahl konnte sehen, daß Benno das Gespräch unangenehm war. Er machte dann immer diesen unecht unbekümmerten Mund. Jetzt schlug er sich klatschend nasse Blätter von den Händen und sagte ungewohnt bündig: Das war nach Papas Tod. So ein Schock kann auch das Ende des Überlebenden bedeuten.

Ulrike hörte auf zu harken, um ungehindert sprechen zu können. Was kam, mußte bei ihr schon länger auf Eis gelegen haben. Sie holte ordentlich Luft. Sie selbst hielte Eifersucht für den Grund des Zusammenbruchs ihrer damals noch zukünftigen Schwiegermutter. Schon vor Opa Dahls Tod, und erst recht danach, habe die sich an Benno geklammert. Er sei ihr ein und alles gewesen. Für ihn habe sie gelebt. Und Benno habe sich dieser Umklammerung willig hingegeben. Er habe ein Benehmen entwickelt, als gäbe es bis auf die Mutter keine anderen Frauen. Ulrike habe er nur so am Rande bemerkt. Manchmal habe sie schon alle Hoffnung aufgegeben gehabt, daß es doch noch etwas mit ihnen würde. Auch Vera habe damals gesagt, ihr sei das merkwürdig vorgekommen. Nicht, daß es mich stört, habe Vera gesagt, von mir aus kann er gern schwul sein. *He never had a glad eye.* Ulrike habe sich das erst übersetzen lassen müssen. Also, kein Auge fürs Ewigweibliche. So wie Benno war, weich, entgegenkommend, fleißig, feinnervig, seine blaßrosa Seidenhemden, sein Sinn fürs Künstlerische und Dekorative, dabei methodisch, also da würde Vera sich nicht wundern, wenn bei ihm das Y im männlichen Chromosom etwas mehr zu den weiblichen XX-Chromosomen tendierte. Also wirklich. Was Vera auch immer alles so von sich gab!

Ulrike sprudelte das so schnell und fließend heraus, daß Frau Dahl völlig den Zusammenhang verlor. Sollte sie an die Fensterscheibe klopfen und sich bemerkbar machen? Lieber nicht. Auch war das Gespräch wieder bei den Kanarischen Inseln. Sonne, Entspannung. Benno hatte auf Gran Canaria gebucht. Das klang so romantisch. Viel mehr als Lanzarote oder Fuerteventura. Und nach Teneriffa flogen immer die Katzenmeiers. Denen wollte man ja nun nicht unbedingt begegnen. Wenn nur nicht gerade dieser Geburtstag wäre.

Ulrike sagte: Du darfst auch ruhig mal an dich selber denken. Und fing wieder an zu harken.

Beim Anziehen sagte die Placka: Da stimmt wieder was nicht mit Ihren Pantoffeln, Tante Dahl. Sie saß neben Frau Dahl auf dem Bett. Der linke Pantoffel gehörte zu dem alten, ausgetretenen grauen Paar, der rechte zu dem neuen grünen. Die Placka streckte prüfend den Hals vor, der mit seinen Rillen und Furchen zum Wegschauen nötigte. Außerdem saß der rechte Pantoffel auf dem linken Fuß und der linke auf dem rechten, wie Frau Dahl nun selbst sah. Und dies bei äußerster Anstrengung und Konzentration!

Das geht so um Anfang Siebzig los, sagte die Placka. Seit ihrem Siebzigsten merke sie's. Und sprach davon, daß sie vor ihrem Tod gern noch mal von hier wegwolle. Nach Zittau zu ihrer Cousine, denn ins polnische Breslau wolle sie nicht. Im polnischen Breslau würde ihr das Herz brechen.

Frau Placka schon siebzig? Unmöglich.

Das Austauschen der Pantoffeln wurde zum Problem, weil sich weder der fehlende grüne noch der fehlende graue finden ließ. Ordnung muß sein, sagte Frau Placka und suchte auf Knien unter dem Bett. Als sie dann den Nachttisch aufmachte, kam ihnen ein scheußlicher Gestank von den Buletten für die Katze entgegen.

Mit siebzig war ich längst tot, sagte Frau Dahl, um auch etwas zu sagen.

Nachdem sie sich längere Zeit in einer Verfassung von erhöhter Nervosität und davon hervorgerufenen Angstgefühlen befunden hatte, war sie jetzt in Geistesöde, Verwirrung und Apathie steckengeblieben. Nach einem Gang am Stock durch die Wohnung und einem Blick erst aus dem Schlafzimmerfenster, dann aus dem Küchenfenster, dann aus den beiden Wohnzimmerfenstern, vorbei am Eßzimmer, das sie nicht mehr benutzte, dann aus dem Flurfenster, fühlte sie sich etwas munterer. Die Mülltonne stand bei geschlossenen Türen in ihrem Fach, man sah nur den Griff des Deckels. Natürlich regnete es. Diese trostlos tropfenden Sträucher, dieser gleichgültige Garten. Auf dem Gartenweg hatte sich eine Pfütze gebildet, in dem eine Vogelfeder schwamm. Im Zimmer spiegelte sich in dem blinden Auge des Fernsehapparats die kahle Birke.

Merkwürdig, früher war im Fernsehen, wenn die Plakka es angestellt hatte, immer dieser grinsende Mensch im Trainingsanzug, mit Golfschläger, erschienen und hatte in die Kamera gewinkt. Der war plötzlich von der Bildfläche verschwunden. Jetzt winkte manchmal ein Jüngerer, der besser im Futter war als sein Vorgänger, mit dem Charme des Gewinners in die Kamera, auch er im Trainingsanzug. Und einmal winkte einer, dem das graumelierte Haar wild um den Kopf wucherte, er, nicht im

Trainingsanzug, sondern in einem Herrenanzug von Durchschnittsqualität. Einen Golfschläger hatte er nicht dabei, aber er grinste hämisch. Fehlte nur, er hätte dem näselnden englischen Lord und all den anderen Staatsgewaltigen eine lange Nase gemacht. Meist sah man aber diese wandelnde Scheune, wie hieß er doch noch, der winkte nicht.

Frau Dahl ließ sich in den Armsessel neben dem Rauchtischchen nieder und fing an, mit dem Stock zu klopfen. Das entspannte. Wozu sie ein Rauchtischchen brauchte, gehörte zu den Imponderabilien ihrer Tage, aber so hatte der niedrige, quadratische Tisch schon immer geheißen. Ludwig hatte Zigarren geraucht: Das gäbe ihm das Gefühl, ein Kapitalist oder eine Kapazität zu sein.

Vielleicht kam bald jemand? Auf dem Rauchtischchen lag die Post. Irma schrieb aus Griechenland. Vera schrieb aus Paris. Alle waren auf Reisen. Frau Dahl baute mit freudlosem Eifer aus den Ansichtskarten ein Kartenhaus, je zwei Karten wie kleine Zelte gegeneinander, zuletzt als Dach ein Briefumschlag, der die beiden Zeltspitzen verband. Bei diesem Richtfest rutschte die ganze Pracht zusammen. Was tun mit der Unsinnigkeit der Stunden? Vielleicht kam bald jemand?

Doro kam. Sie hatte eine neue Haarfarbe, rabenschwarze Zotteln. Sie wollte sich schon mal verabschieden, Benno und Ulrike kämen noch, die seien noch nicht mit dem Packen fertig. Emil habe schon seine Beruhigungspille bekommen. Obwohl Doro vor dringlicher Eile zappelte, setzte sie sich zu Frau Dahl und unterhielt sich mit ihr. Sie hatte gerade eine Fernsehsendung über die Millionenausgaben, die während des kalten Krieges für Bunker gemacht worden waren, gesehen. Die schönen Bunker für die Herren Politiker, der Plebs hätte in seinen

Kellern verbrennen dürfen. Aber Frau Dahl hörte immer nur: verabschieden. Sie verreisten also! Warum hatte ihr das niemand gesagt?

Mach's gut, Omi. Küßchen, Küßchen. Ich bring dir 'n Kanaillenvogel mit.

Nach Doro kam Ulrike. Auch ihr Haar war frisch nachgetönt, rotgold wie die Eheringe zu Frau Dahls Jugendzeit. Während sich Doros Körperformen unter einem Abnehmeregime von der Gotik zur Frühgotik hin veränderten, neigten Ulrikes Proportionen nach und nach zum Barock. Eine energische, stattliche Schönheit in straffem Lederrock und mit Gold durchwirktem weißen Pullover. Benno und sie hätten dafür gesorgt, daß für Frau Dahl gesorgt würde, sagte sie, und zwar rund um die Uhr. Schwester Beate käme morgens und abends, um alles andere kümmere sich Frau Placka, und auf alle Fälle sei auch noch Frau Dr. Kronmaier sprungbereit. Die fünfzehn langstieligen gelben Rosen in der Vase auf dem Klavier seien schon ein Gruß im voraus. Obwohl Ulrike noch nicht mit Packen fertig war, setzte auch sie sich zu Frau Dahl. Bei diesem naßkalten Wetter käme es einem direkt komisch vor, leichte Kleidung einzupacken. Emil mitzunehmen bedeute natürlich erhebliche Umstände, aber wohin mit dem Tier, wo die Placka schon so überlastet sei. Wenn bloß nicht im letzten Augenblick was dazwischenkäme. Ein Stau auf der Autobahn zum Flugzeug in München, und schon sei's passiert. Davon könnten die Katzenmeiers ein Liedchen singen. Die hätten voriges Jahr für ein Wochenende in einem Luxushotel in der Schweiz gebucht, seien dann aber im letzten Augenblick verhindert worden. Nicht nur, daß sie für das Zimmer hätten zahlen müssen. Man habe ihnen auch einen nicht unbeträchtlichen Betrag für nicht eingenommene Getränke angerechnet, also für Getränke, die ein Gast normalerweise an einem Wochenende bestellen würde, die aber durch das Nichteintreffen der Katzenmeiers von denen nicht eingenommen wurden und damit einen Ausfall an Einnahmen für das Hotel bedeuteten, verstehst du? Für die Katzenmeiers sei die Schweiz damit untendurch. Sie flögen jetzt immer nach Teneriffa. Frau Dahl sei ja das Fliegen verleidet worden, das war das letzte Mal, habe sie letztesmal gesagt. Stimmt doch, Omi, oder? Damit mußte Ulrike nun aber wirklich gehen. Sie habe noch nicht einmal Bennos Sommerhose geplättet. Also mach's gut, Omi. Pfüet di. Mach's gut.

Nach Ulrike kam Benno. Auf einem Tablett balancierte er eine Kanne Kaffee, Sahne, Zucker, Cognac in einem Flakon. Kaffee *und* Cognac! Was würde Herr Dr. Haupt sagen, bangte Frau Dahl genußvoll. Benno schaltete den Fernsehapparat, von Doro angestellt, ab. Im Programm war gerade jemand dabei gewesen, sich mit einer Schere die Pulsadern aufzuschneiden. Als Benno geboren wurde, war Vera sechzehn. Kaum war Frau Dahl, den Neugeborenen im Arm, aus dem Krankenhaus nach Hause gekommen, da hieß es unter den Nachbarn, das Kind sei natürlich Veras. Det Mächen war schon immer son Luder, hieß es, zu Frau Dahls Empörung. Benno goß Kaffee und Cognac ein und holte das Fotoalbum hervor, wo aber war Frau Dahls Ersatzbrille? Er fand sie im Waschbecken auf dem Klo. Völlig verschmiert! rügte er, als er sie gegen das Licht hielt, und zog sein Taschentuch hervor.

Auf den Photographien erkannte Frau Dahl bis auf Alma niemand. Benno tippte auf eine lächelnde Dame, die, umringt von anderen lächelnden Damen, vor einer Torte saß: Na und die? Frau Dahl schüttelte den Kopf. Unbekannt. Nie begegnet. Sieht irgendwie angeschlagen aus. Benno war baß erstaunt. Das sei doch sie selbst, mit der 85 in rosa Zuckerguß auf ihrer Geburtstagstorte, also vor drei Jahren! Aber Frau Dahl war die alte Frau auf dem Bild, der die Ohren durch die strähnigen weißen Haare stießen, genauso fremd wie diese Frau Kronmaier, auf die Bennos Finger zeigte. Nach längerem Daraufstarren durch die inzwischen gesäuberte Brille erkannte sie Vera, die ihr sie entstellendes Photographiergesicht mit dem gekniffenen Lachen schnitt, dann machte sie Irmas dicke, braune Bernsteinkette aus, schließlich auch Felizitas' Entenschnabelnase. Früher hatte Frau Dahl eine lebhafte Korrespondenz mit diesen Getreuen geführt, aber dann ging es los mit der Blamage wegen der Unterschriften. Da kam sie mit den Kosenamen nicht mehr zurecht. Von Irma wurde sie Mausi genannt, Vera nannte sie Mamsie; für Felizitas war sie Klärchen, für Ludwig war und blieb sie sein Schuschu, und als Kind wurde sie Lala genannt. Oder nannte Felizitas sie Mausi? Wer aber nannte sie dann Klärchen? Jedenfalls hatte sie das nicht mehr gemeistert. An Vera hatte sie innigste Glückwünsche von immer ihrer Mausi gesandt, Irma bekam tausend Grüße von ihrer getreuen Schuschu. Damit war es dann mit dem Briefeschreiben aus. Wie mit allem anderen. Schreibste mir, schreibste ihr, schreibste auf MK-Papier. Werbespruch aus glücklicheren Zeiten, kannte jetzt niemand mehr. Am besten flüchtete man sich in die Vergangenheit. Die Wirklichkeit war unzumutbar.

Frau Dahl fühlte den Cognac heiß im Gesicht. Benno, schon wieder stehend, goß ihr noch einen ein, kippte selbst noch ein Glas herunter und sagte resolut: Also. Sie wußte schon, was kam. Mach's gut, Mamsielein. In zwei Wochen sind wir wieder da. Frau Kronmaier hat unsere Telefonnummer. Für alle Fälle.

Das wäre dann im Fall einer Herzattacke oder eines Gehirnschlags. Auch eine gebrochene Hüfte käme in Frage. Benno erklärte, unnötigerweise, er hinterließe die Telefonnummer seines Hotels auch im Geschäft bei Herrn Lämmlein. Man könne nie wissen. In Frau Dahl stieg die Befürchtung auf, daß sie alle vier, Benno, Ulrike, Doro und Emil, nicht mehr von dort, wo sie hinfliegen wollten, zurückkehren würden. Daß sie dort einfach verschwänden. Bennos Umarmung war tröstlich und bedrückend.

Nun war auch noch das Opernglas kaputtgegangen. Nachdem Frau Dahl eine Zeitlang daran gedreht hatte, fiel eine Schraube heraus und rollte unwiederbringlich unter das Bett. So löste man sich stückchenweise in seine Bestandteile auf. Die aufdringliche Stille des Zimmers nervte sie. Es lag darin etwas Endgültiges. Früher hatte es ihr nie eingeleuchtet, warum soviel von der Qual der Isolationszellen hergemacht wurde. In gewissem Sinne hatte sie sich diese Zellen direkt erholsam vorgestellt. Nichts anstrengender als eine Menschenmenge, schon ein paar aufgedrehte, womöglich dauernd Witze reißende Leute waren ihr unangenehm. Der Himmel behüte mich vor geräuschvollem Optimismus, hatte sie früher stolz gesagt. Im allgemeinen vermied sie es aber, gründlich über sich selbst nachzudenken. Das hatte sie schon immer für Zeitvergeudung gehalten. Frau Dahl raffte sich zu einem Rundgang durch ihre Zimmer auf. Im Vestibül lag plötzlich ihre schon lang vermißte Handtasche, von Heinzelmännchen hingezaubert, unter dem Garderobenspiegel. Dieser Tage bekamen die Dinge ihr eigenes Tun und Lassen. In dem unbenutzten Eßzimmer roch es schal. Dort fielen ihr die

Serviettenringe ins Auge, die ihr mal jemand geschenkt hatte, möglicherweise Vera. Sie lagen in einem Körbchen auf dem Tisch und erinnerten sie ungewiß an noch eine Blamage in der Kette der Demütigungen, die einem das Leben brachte. Ein dunkles Unbehagen als Vorbote, eine leichte Hitzewelle im Gesicht, und dann war es da: Die Serviettenringe waren aus dünnem, wie Teig gedrehtem Bambus und sahen aus wie Gebäck. Etwa wie Salzbrezeln. Da hatte sie bei Tisch vor den anderen in ihren Serviettenring gebissen. Als sie unter dem Gelächter der Tischrunde ihren Irrtum bemerkte, war sie vor Scham ganz klein und still geworden. Und nun lag sie schon wieder im Bett. Oder immer noch? Die Kirchturmuhr schlug fünfmal. War es schon oder noch so stockfinster, war es frühmorgens oder spätnachmittags?

Frau Placka kam, und nun verstand Frau Dahl gar nichts mehr. Überall Blumen! Jede Vase gefüllt, jeder Krug, Chrysanthemen, Tulpen, Rosen. Das Alpenveilchen war von Kronmaiers, die Gladiolen von Lämmleins, die rosigbraunen Chrysanthemen von Frau Placka. An die Tulpenvase gelehnt stand ein überlebensgroßer rosa Briefumschlag: Von Frau Vera, sagte Frau Placka, soll ich aufmachen? Und tat es schon. Feierlich gedehnt las sie die gedruckte Botschaft der Grußkarte vor: Rosen, Tulpen, Nelken, alle Blumen welken; Stahl und Eisen bricht, aber unsere Freundschaft nicht! Darunter, mit tausend guten Wünschen und Küssen für meine allerliebste Mamsie, Vera – Brief folgt. Verachen, wie immer in Eile. Frau Dahl lächelte unerreichbar vor sich hin.

Also dann halten S' sich wacker, wünschte nun auch die Placka, Schlesierin mit assimiliertem, bayrischem Anklang. Alles Gute noch mal, Gesundheit und Glück. Glück muß der Mensch haben. Glück mit Umlaut. Und sie käme dann später noch mal vorbei. Die Tür schloß sich ungewöhnlich sanft hinter ihr.

Frau Dahl atmete tief durch, weil sie das vorm Weinen bewahrte, und schlurrte an ihre Fenster zur Welt, das zum Garten, das zur Straße. Das Wetter hatte sich zum Guten geändert. Dafür mußten die an sie gerichteten Beschwörungsformeln verantwortlich sein. Alles Gute. Also auch das Wetter. Glück mit Umlaut – das war ja der reinste Voodoo. Aber trotz des heiteren Himmels waren nebenan die Fensterläden geschlossen. Niemand zu Hause. Auf dem vermanschten Rasen waren ein paar Gänseblümchen aufgegangen. Die Gräser vom Pampasgras bogen sich geschmeidig wedelnd in Richtung von Frau Dahls Fenster, was bedeutete, daß von den Bergen Föhn wehte. Was wiederum bedeutete, daß es wärmer geworden war. Dabei waren schon mal ein paar mit Regen vermischte Schneeflocken gefallen.

Wer wohnte da eigentlich nebenan?

Spazieren sollte man gehen bei diesem Wetterchen. Aber die Haustür war abgeschlossen. Allerdings war die Tür zum Garten hin offen. Wenn sie nun einfach...

Vor allem mußte sie Ruhe bewahren und sich konzentrieren. Immer schön eins nach dem anderen. Mantel, Hut und Tasche vom Garderobenständer. Die Türschwelle war etwas mühsam, da half aber der Stock. Der Schnee im Garten war weg, nur unter der Tanne lag ein letzter Rest wie ein schmutziges Taschentuch. Benno hatte vergessen, die Harke in die Garage zu stellen, sie lehnte gegen die Birke. Wenn Frau Dahl sich dicht an die Hauswand drückte, wobei sie leider in das Ranunkelbeet treten mußte, konnte sie zwischen Zaun, Fliederbusch, Schneeball und Hauswand durch. So kam sie draußen vor ihrer von innen verschlossenen Haustür an. Durch die in sich gemusterte Glasscheibe konnte sie die verschwommenen Umrisse der Garderobe im Vestibül sehen. Ein schwer erkämpfter Triumph. Nun aber Vorsicht. Die Steinplatten zum Gartentor hin waren glitschig feucht. Zweimal rutschte die Stockspitze ab. Auf halbem Wege blieb Frau Dahl reglos stehen und wagte sich weder vorwärts noch rückwärts. Sie konnte sich einfach nicht mehr rühren. Wie auf Schlittschuhen fühlte sie sich. Also dann eben auf allen vieren. Die Handtasche unter den Arm geklemmt, den Stock vor sich hergeschoben, das ging. So kam sie bis zu dem schmiedeeisernen Tor, an dem sie sich siegesbewußt hochzog. Aber erst beim Anblick der Mülltonne wurde sie sich ihres Glücks bewußt, denn sie stand, von den Männern der Müllabfuhr geleert und sich selbst überlassen, draußen auf dem Bürgersteig. Also nicht in ihrem Fach. Also war das Fach leer, beide Metalltüren standen offen, zur Straße hin wie auch zum Haus. Da hatte Frau Dahl doch völlig vergessen gehabt, daß das Gartentor jetzt immer abgeschlossen war und daß sie ohne diese günstige Fügung ihren Spaziergang nie hätte antreten können. Glück mußte der Mensch haben. Glück mit Umlaut! Durch das offenstehende Mülltonnenfach würde Frau Dahl sich auf polnisch verabschieden.

Es war schwieriger, als sie gedacht hatte. Den Stock warf sie voraus, er flog in kinderleichtem Bogen durch das Schlupfloch, sie selbst dagegen brachte ihren Körper nur mit schmerzverzerrtem Gesicht in die erforderliche gekrümmte Kriechstellung. Vor Anstrengung knackte es ihr in den Ohren. Mit Katzenbuckel und im Schneckentempo schob sie sich durch die hohle Gasse. Wenn sie nun steckenbliebe? Kein schöner Gedanke, denn dann würden die Müllmänner ihre Leiche finden. Ein Glück, schon wieder eins, daß auf der stillen Marienzeile niemand vorbeikam. Und dann war es mit zerschundenen Knien gelungen. Sie war draußen. Sogar ihr Hut war noch auf ihrem Kopf. So machte sich Frau Dahl in ihren grünen Hauspantoffeln auf den Weg in die Stadt, der den Vorteil hatte, bergab zu gehen. Trotzdem mußte sie sich kurz vor der Brücke, wo die Stadtverwaltung vor der Brauerei eine Bank hingestellt hatte, setzen und ausruhen, so zitterten ihr die Beine. Ihre Handtasche war verschwunden, aber sie hatte noch ihren Stock. Nur zu gut verstand sie jetzt Ludwigs Wunsch, mit seinem Stock eingeäschert zu werden.

Mehrere Autos und auch ein paar Radfahrer waren an ihr vorbeigefahren, aber niemand hatte sie beachtet. Andere Fußgänger hatte sie nicht bemerkt. Die brauchten ja heutzutage alle einen fahrbaren Untersatz. Und beschwerten sich später über Stauungen und Körperfett. In der Nähe der neuen Grundschule mit dem Fresko von Ludwig dem Bayern über dem Eingang war sie in einen Wirbel von Schulkindern geraten. Fast wäre sie umgeworfen worden. Oh, Verzeihung, sagte ein Mädchen mit erschrockenen Augen, in deren Winkeln schon der Übermut lachte. Als Frau Dahl es dann bis zum Sägewerk geschafft hatte, fing der Druck auf der Brust an. Ihre Beine knickten leicht ein, sie bewegte sich vorwärts, kam aber nicht von der Stelle. Jetzt keine Müdigkeit vorschützen, wenn sie sich auch mit bleiernen Füßen wie auf knirschenden Eierschalen vorkam. Als sie dann eine Bank fand, wurde ihr besser.

Die Weiden am Flußufer waren kahl, schwarze Ruten. Bald würden an ihnen silbrige Weidenkätzchen schimmern. Im Schilf schnatterten Enten. Es gab auch

Schwäne. Nach einiger Zeit setzte sich ein Pärchen neben Frau Dahl auf die Bank. Die beiden zankten sich. I woas, was i woas, sagte die junge Frau. Daß dei Fotzen hältst, sagte der junge Mann. Ausländer. Von Ausländern hatte schon Goswin gesprochen. Etwas später setzte sich eine Dame in Hut und Lodenmantel neben Frau Dahl. Der Federbusch an ihrer Hutkrempe fächerte weich. Sie war braungebrannt, die Haut war schon etwas ledern. Ihr Blick leimte sich fest an Frau Dahls Hauspantoffeln, die mit Erde verklebt waren. An einem war die Zierschleife abgerissen, der andere war hinten heruntergetreten und gab die Hacke frei. Auch Frau Dahl war einmal eine Dame gewesen, dachte Frau Dahl, aber ohne Bitterkeit. Sie war sogar mal auf der Straße für die Fürstin von Langenbein-Suckerau gehalten und als solche angesprochen worden. Sie streckte die Beine aus und betrachtete die verdreckten Pantoffeln in Seelenruhe.

Leider fingen die Glocken vom Kloster zu läuten an. Dauernd dieses Mahnen, dieses Rufen, dieses dringliche Künden. Täglich mindestens einmal mußte an die Hölle erinnert werden, sonst klappte es mit der Gottesfurcht nicht. Und nun schlug auch noch die Turmuhr. Von der Bank aus konnte man das grüngestrichene Haus mit den weißgerandeten Fenstern sehen, in dem Frau Placka wohnte, zweiter Stock, links, vor den Fenstern die jetzt verregneten oder erfrorenen Blumentöpfe. Eine treue Seele. Ihr Leben lang mit der Familie Dahl solidarisch verbunden. Obwohl ihr Wahlspruch war: Blut ist dicker als Wasser. Hinter dem Haus der Placka sah man eine Ecke der Vulkanisieranstalt Dahl, und da kam auch schon Ludwig die Straße herauf und blies Zigarettenrauch von seiner gelben Bernsteinspitze.

Ihre Flucht ins Freie stimmte Frau Dahl milde wie der

Wintertag. Vom Sonnenuntergang ihres Alters beleuchtet, waren Kirchturm und Brücke, das alte Stadttor, die graubraunen Mauern der Brauerei, die Baumspitzen des Waldes hinter den letzten Dächern der Stadt in ein eindringliches Licht getaucht, in dem ihre eigene Wichtigkeit verblaßte. Der Abstand von sich selbst war die Belohnung der hohen Jahre. Man sah die Dinge nicht mehr von der Warte ihrer Dienlichkeit. Entscheidend war nicht mehr, was sie zum eigenen Los beitrugen. Ihr Wert lag nur noch in ihnen selbst. Frau Dahl dachte liebevoll an ihre Lieben und schloß sie alle – Ludwig, Benno, Ulrike, Vera, Nat, Doro, Silke, Irma, Frau Placka, Felizitas und die nette Frau Krabbe aus dem Konsum – erneut in ihr geräumiges Herz.

Alle paar Winter trat die Donau über ihre Ufer. Im nahen Passau überschwemmte sie die verschwärzten Ziegelbauten der unteren Gassen und legte Supermärkte, Antiquitätengeschäfte, Restaurants und Büchereien unter Wasser. In die brüchigen, vom Schimmel durchsetzten Mauern waren die Wasserlinien vergangener Jahrhunderte geritzt worden: Mal war das Wasser drei Meter, mal sechs gestiegen. Aber Frau Dahl war nicht in Passau, und der Fluß, auf den sie blickte, war nicht die Donau, mündete aber in sie. Gleich nach der Brücke. Das wußte Frau Dahl genau. Hier kannte sie sich aus. Auf der Brücke stehend, auf das kalte Steingeländer gelehnt, hatte sie einen besseren Ausblick. Zu beiden Seiten des Flusses hingen Weidenzweige bis in das Wasser, das blau wie der Himmel war und in dem breiten, graugrünen Streifen der Donau verrann. Auf der anderen Seite des Donauufers trat der Wald bis ans Wasser. Von überall kamen Enten und Schwäne, die Frau Dahl auf der Brücke bemerkt hatten, auf sie zugeschwommen. Sie hofften, gefüttert zu werden. Jeder der weißen oder braunen Vögel zog dabei hinter sich ein auf der Spitze stehendes, nach oben zerfließendes, gewelltes, glitzerndes Dreieck. Vor ihrer erfreuten Erwartung genierte sich Frau Dahl ihrer leeren Hände.

Auf das breite Steingeländer gestützt, lehnte sie sich weit vor. Tief unten im schwarzen Wasserspiegel sah sie eine alte Frau, die einen verrutschten Hut trug. Als Frau Dahl ihr zuwinkte, winkte sie zurück.

»Ein Stück bedeutender Literatur«
Süddeutsche Zeitung

Gegründet auf Gespräche mit Eva Brauns Cousine, die mehr als fünfzig Jahre über ihre Erlebnisse schwieg, entwirft Sibylle Knauss ein ebenso großartiges wie beklemmendes Bild von deren Aufenthalt am Obersalzberg in den letzten neun Monaten von Hitlers Herrschaft. Ein faszinierender Roman vom Umgang mit einer schwierigen Vergangenheit.

»Knauss' Stil ist elegant und einfach. Eine souveräne Erzählerin.«
Der Spiegel

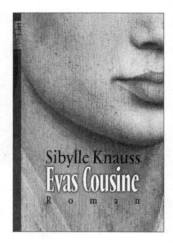

Sibylle Knauss

Evas Cousine

Roman

List Taschenbuch

Staccato

Staccato ist ein Zustandsbericht, der ins Herz unserer Zeit geht. Einige Jahre sind seit dem Mauerfall vergangen, der kalte Krieg ist vorüber – und nichts ist so, wie es sein sollte. Während die einen sich in das hektische Treiben der vereinigten Metropole Berlin stürzen, stehen andere plötzlich vor dem Aus. Auch die Heldin des Romans gerät durch den Rhythmus der neuen Zeit völlig aus dem Tritt – dann hält sie inne und gelangt zu den verblüffendsten Einsichten: Mit ironischer Distanz hinterfragt sie die Veränderungen in der ihr fremd gewordenen Heimat. Ihr scheinbar naiver Blick auf die Lebensumstände produziert eine hinreißende Komik. Und dann findet sie auf einer Reise nach New York doch ihren eigenen Rhythmus wieder ...

Rita Kuczynski
Staccato

List Taschenbuch

Marlen Haushofers gesammelte Erzählungen

»Ihre minuziöse Schilderung der Welt im Kleinen, der sehr persönlichen, unauffälligen Schwierigkeit des Zusammenlebens, ihre Darstellung eines sehr kunstvoll-bescheidenen Erzählerbewußtseins und ihr Stil der negativen Ironie gehören zum Genauesten und Bemerkenswertesten, was die moderne Literatur zu bieten hat.«
Tagesspiegel

Marlen Haushofer

Schreckliche Treue

Gesammelte Erzählungen

List Taschenbuch

> **»Virtuose Short Cuts, die geradewegs aus der fabelhaften Welt der Amélie stammen könnten.«** Berliner Morgenpost

»Es ist kalt in Odda, der Sommer kurz und die Berge sind so hoch, dass der Fernsehempfang nur sporadisch funktioniert. So ein trostloser Ort bringt die skurrilsten Typen hervor. Von ihrem Alltag und ihren Träumen erzählt Frode Grytten in seinen 24 Erzählungen aus einem Arbeiterwohnblock, einer Wabe voller Geschichten von Eigenbrötlern, Hausfrauen, Heilsarmisten und Gaunern. Liebenswerte Durchschnittsmenschen und alle irgendwie Exzentriker.« *Süddeutsche Zeitung*

»In Odda möchte man nicht begraben sein, aber diese Geschichten sind bei aller Tristesse unverschämt positiv.« *taz*

Frode Grytten

Was im Leben zählt

Roman

List Taschenbuch

»Eine Hymne auf das Leben«
Stern

Das Unfassbare geschieht im Dezember 1991: Isabel Allendes erwachsene Tochter Paula erkrankt plötzlich schwer und fällt kurz darauf ins Koma. Ihr tragisches Schicksal wurde für Isabel Allende zu der Prüfung ihres Lebens. Der Tochter zur Erinnerung und sich selbst zur Tröstung schrieb sie ihren Lebensroman; *Paula* ist Isabel Allendes persönlichstes und intimstes Buch.

»Mit *Paula* ist Isabel Allende zweifellos – und in doppelter Hinsicht – das Buch ihres Lebens gelungen.«
Bayerischer Rundfunk

Isabel Allende
Paula
Roman

List Taschenbuch